辛巳七月於書花山庄思學畫以

大吉羊祈

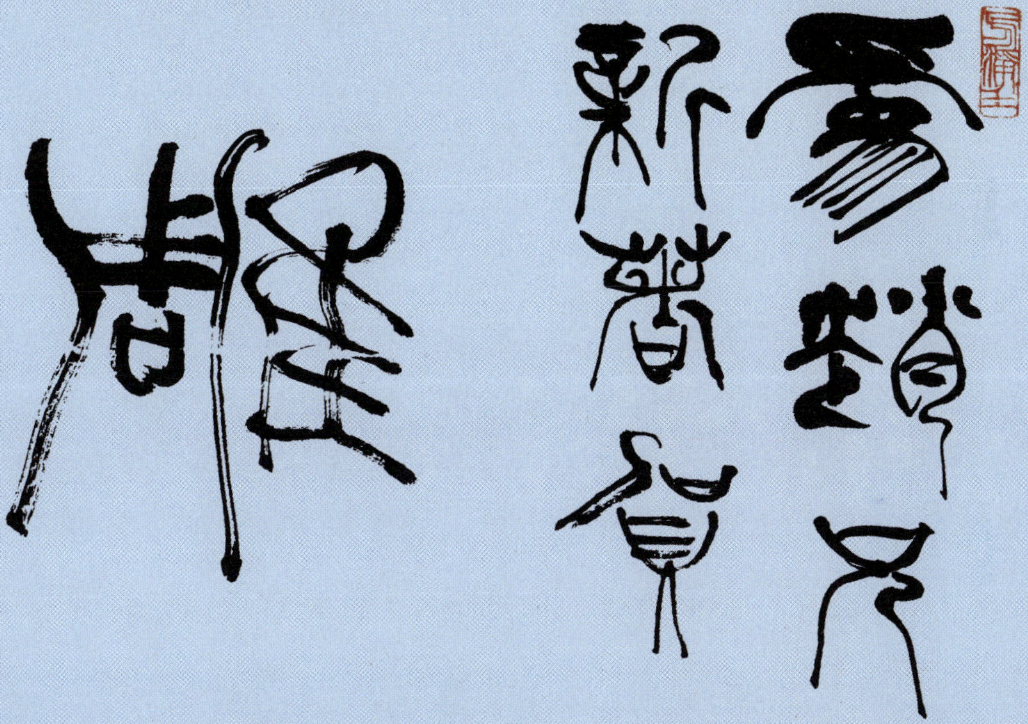

·雕·虫·咏·

赵镇琬　著

北方联合出版传媒（集团）股份有限公司
春风文艺出版社
·沈阳·

图书在版编目（CIP）数据

雕虫咏/赵镇琬著. —沈阳：春风文艺出版社，
2022.10（2023.8重印）
ISBN 978 - 7 - 5313 - 6264 - 7

Ⅰ. ①雕… Ⅱ. ①赵… Ⅲ. ①诗集 — 中国 — 当代
Ⅳ. ①I227

中国版本图书馆CIP数据核字（2022）第079609号

北方联合出版传媒（集团）股份有限公司
春风文艺出版社出版发行
沈阳市和平区十一纬路25号　邮编：110003
永清县晔盛亚胶印有限公司印刷

责任编辑：姚宏越　　　　　责任校对：张华伟
封面设计：赵镇琬　　　　　幅面尺寸：170mm × 240mm
字　　数：100千字　　　　印　　张：21
版　　次：2022年10月第1版　印　　次：2023年8月第2次
书　　号：ISBN 978-7-5313-6264-7
定　　价：58.00元

风趣幽默的咏虫诗

◎袁忠岳

　　赵镇琬最早发表的组诗是在《星星》上刊登的《虫虫篇》。赵镇琬的第一本诗集，是1992年出版的《雕虫集》，内中写了45首咏虫诗。这一次，他承前继后，将百十余首咏虫诗，辑为一册，题曰《雕虫咏》，足见他对写虫的钟情。

　　据说已故朦胧诗人顾城也喜爱虫子。他家藏的一本法布尔的《昆虫记》，使他一夜之间变成狂热的虫虫爱好者。不过，他是把虫虫的世界当成了世外桃源，于是"集合起星星、紫云英和蝈蝈的队伍／向着没有被污染的地方／出发"（舒婷《童话诗人》）。而赵镇琬的咏虫诗则是为了更形象地逼视人类社会现实生活中的真善美和假恶丑，恰如用放大镜观看一件浓缩人间世态百相的微雕模型之作。艾青不是把古罗马的大斗兽场看作斗蟋蟀的小瓦罐的放大吗？卡夫卡在他的

《变形记》中不是让小职员一觉醒来变成到处乱爬的甲虫吗？鲁迅笔下的阿Q，在打不过人家的时候，不是也爽快地承认："打虫豸，好不好？我是虫豸——"至于现在把整天上网的人称作"网虫"，更是一种极为现代的时髦叫法，并无丝毫不敬之意。就此而言，人即虫也，虫亦人也。设想，如果像科幻影片中描写的那样，人能缩成虫一般小，那么人与虫究竟还有多大差别呢？

赵镇琬这本诗集虽然写的是虫，又何尝不可以说写的是人。他用诗的想象把人幻化为虫，让人间的善恶美丑纷纷依附到虫的身上，从而在虫的世界里演绎起人间悲喜剧。那举着两把大刀的螳螂，不就是以"凌弱"为快的作恶者吗？那挺着唯一雄角的独角仙则有如不容他人置喙的霸道者。那有着素静雅号却干着伤害他人勾当的白蛉子，像不像道貌岸然的伪君子？而有着姣好身段的纹白蝶，那就是类似于以色作恶的美女蛇了。诗人写蝉脱壳后攀枝发出的一阵阵噪鸣，使人想到那买官、跑官的爬高者，但凡得逞，一阔脸就下车伊始，指鹿为马，说东道西，咿里哇啦个没完没了的劣质表现。贴皮虫的情意绵绵的作态，会让人感受到那笑里藏刀者的奸险。而黄蜂张扬的是人间黑恶家族的淫威，飞蝗肆虐的是世上掠夺者的贪婪与疯狂。还有寄生于鱼身却以冲风破浪弄潮精英自居的鱼虱，与蚂蚁相互利用，暗箱操作、侵吞绿叶浆汁的腻虫，以及不声不响隐身于老梁内部把木梁蛀空的木蠹，等等，无不让人对人类社会中某些不良行为与肮脏现象发生联想。也许是诗人对人生中真善美另一面的假恶丑印象太深，这一类"恶之虫"在诗集中，是破坏自然的罪魁、残害生命的祸殃，诗人或檄斥或谯讦，把它们一个个钉在耻辱柱上，犹如其精心制作的劣虫之标本。

环保是这本诗集的主题之一。破坏绿色的诸虫，除前面写到的外，还有蝼蛄、象鼻虫、松毛虫、鼻涕虫、造桥虫、钻心虫、星毛虫、吊死鬼等。这些诗中的虫大多身兼二义：从本义说，它们是植物的害虫、绿色的天敌，均在橄斥或灭杀之列；从喻义说，它们又扮演着人间的反面角色，为非作歹，让人嗤之以鼻，为人所不齿。对此，诗人往往要根据每个孽虫的特点或特性来勾画这些丑类的嘴脸，如：贴皮虫的"绵绵情意"，纹白蝶的"时尚素装"，变形虫的"放荡秉性"，吊死鬼悠然地"打着饱嗝"的贪婪丑态，等等，活灵活现地道出了虫害之恶，以及诗人对其为害的愤慨，抑或无奈之情。

与环保密不可分地联系在一起的则是生命意识的主题，这在赵镇琬诗歌创作中是一以贯之的。我给他第二本诗集《魂旅》写的序，所取的题目就是《生命的礁岩》，那是对他诗作的形象概括；孰知这次在他新写的咏虫诗中，这题目竟然化虚为实，果真描画出了一道逶迤竖立的生命的礁岩，那就是由珊瑚虫筑造的珊瑚礁："相依／的生命／集群而居　结成／一个亲密无间／的群体　大海里／苦然生长出／丛丛缤纷的／彩灌之林／摇曳着／旖旎／竞秀／／浪击／的锤炼／凝成骨骼的／坚硬　不屈的／生命意志　化作／大海隆起的／脊梁　和／臂膀的／力量"。生命既能在聚合中产生美的灿烂，也能在分割中显示生命力的悲壮。后者就是诗人写的断而不死的蚯蚓："两截／残躯　拥有／共同的／顽强／意／志——"这种顽强的本性起源于生命的发端，例如，距今有亿万年历史的草履虫，诗人礼赞它是至今仍能看到的"最／完整的／古老／化／石／风／景"。虫的生命是很短暂的，其中天蛾、蜉蝣更是"来也／匆匆　去也／匆匆"，但是诗人认为"生命／苦短　然而／无须叹息"。这又何尝不是在说人的生命呢？诗人在这本诗集中呼唤生命的灿烂，探索生命的法则，思考生命的价值，追求生命意义的永恒。

人世缤纷，人生百相，绝非百多首虫诗所能道尽；就这百多首虫诗而言，所寄之义亦非一二主题所能概括。单就诗集的生命主题而论，其内涵也是相当丰富的，本文无法尽述其所展示的这种丰富性。打开诗集，扑入眼帘的是一个上天入地、龙腾虎跃、生动而又多彩的世界，千姿百态，难以穷尽，只能择要道其一二而已。应该看到，诗人在写这百多首咏虫诗时，已突破传统咏物诗的静止的类型化的写法，在寓意与手法上均有所创新。我把它们归纳成新颖化、诗意化、童谣化、戏剧化四个方面，试举例分别述之。

新颖化。这主要是从立意上说的，也就是打破习惯性的类型化的思维方式，从别人写过的对象中写出别人没有写到的新意。如《飞蛾》，一般的思路是飞蛾扑火，或讽喻不自量力，或礼赞勇敢精神，而本诗集中却说飞蛾"临死／方悟——／光明中／亦有／陷／阱"，这就是来自另一番别样的新咏了。蜣螂俗称屎壳郎，被视作脏污不堪之物，在本集中它却得到诗人的称赞，诗人夸它致力于清除污秽腥臭，"在土／一方　恪尽／职守"，比贪官、懒政者干净多了，勤劳多了。再如，诗人写蜈蚣多足，道其"在漫游的旅途上／却寻不见哪一丝／印记呀　是／属于你的／生命／轨／迹／？"而蚰蜒也是多足，却鼓励其"发现／自我"。还有蚕蛾的负疚、蜘蛛的孤独、白蚁的摧毁时间的凝固所造成的极端破坏性，以及纺织娘的徒有虚名，等等，都有诗人自己的观察和发现，不乏别出心裁之思、另辟蹊径之妙。

诗意化。写诗怎能没有诗意？这儿说的诗意化特指具有意境美的诗情画意。如此说来，这似乎不合一般的咏物诗的惯常之循，因为咏物诗都是托物寄意的。袁枚在《随园诗话》中说："咏物诗无寄托，便是儿童猜谜。"而赵镇琬写的有些咏虫诗就是无寄托的，不一定有什么寓意，却不是儿童猜谜，而是用它来遣散一种心情，营造一种气氛与意境。如《草蛉》一诗的描写："静翔／的轻盈　泊浮／如水月光　驻足／树梢　倾听／生命呼唤／的绿响／渴望……"就是一幅清丽优美的月夜图。再如，诗人把蜘蛛的孤独也写得那么富有诗意："白／昼　粘着／一轮　冷寂的／太阳／／黑／夜　粘着／一穹　挤扁的／星星　还有／残缺的／月亮"。而青蛙呢？那是"碧绿的／乐谱上　跳跃着／一个咏春的／音符"。而七星瓢虫呢？"不知／哪年哪月　天上／坠下来七颗／穿黑袍的／小不点／星星"，让花大姐打扮得如此俊美。这些诗句玲珑剔透，有灵气，能给人惬意的美的享受。

　　童谣化。这是指有些咏虫的诗写得像儿歌，像童话，语句稚拙，情趣盎然。如《水母》一诗，设计出一套符合水的周转规律的首尾相顾的关系：水的妈妈——小雨点，小雨点的妈妈——乌云，乌云的妈妈——水蒸气，水蒸气的妈妈——水，它们分别对"我"描绘了不是它们妈妈的"水母"的形状，融知识、科学、歌谣于一炉，如配上图画一定很适合儿童阅读。《大嫂母》与《小呱嗒板子》则是两首连体诗，包含一个共同的故事：小呱嗒板子是蚱蜢宅门里的小男人，娶了个头比它大许多的大媳妇，俗名叫草儿婆，雅称大嫂母。前一首写大嫂母驮着小女婿小呱嗒板子"日子／过得还挺和睦"。后一首写大嫂母和小呱嗒板子，两口子因大嫂母突然发威，与小呱嗒板子置气，小呱嗒板子被大嫂母一抬腿踹下背，赶出了门，吓得它呱嗒呱嗒地飞呀逃哇，没了一点儿雄性的自信，之后不多霎，大嫂母恻然而悔，与小呱嗒板子重归于好。这两首诗读起来节奏明快，朗朗上口，又有故事情节，就像饶有趣味的儿童歌谣、小戏曲一般，结尾诗句，还加上了黄梅戏《天仙配》的曲谱，可诵、可唱，别出心裁，可圈可点。

戏剧化。与赵镇琬接触相交过的人都了解，他这人特幽默，肚子里有讲不完的故事，讲得你笑破肚皮，他却不笑。这种幽默感弥漫在前述的童谣化的咏虫诗中，也渗透在这里讲到的戏剧化的咏虫诗中。《西厢记》中有个红娘，这本《雕虫咏》中也有一个"红娘"，此红娘不是那红娘，没有剧中红娘的"温情善良"，人虫其名的相同，与人虫其性其行的错位所造成的幽默效果，恰如粗鲁的李逵凤冠霞帔扮新娘，不由人不哑然失笑。《眼镜蛇》一诗从"眼镜"上做文章，设计了一个温馨的人间约会，约会的对象本是一位文质彬彬的"眼镜"，结果出现的却是一条人见人怕的真的眼镜蛇，殷切的期待立刻魂飞魄散，于是才有了诗中悸心地埋怨："我渴求亲吻的／'眼镜'　怎么／会是／你？"读后，让人忍俊不禁。

诗歌戏剧化常用手法有二，一是独白，二是对话。《红娘》一诗独白者是叫作红娘的虫，《眼镜蛇》一诗的独白者是期待与"眼镜"会面的恋人。《蠓虫》《椿象》这两首诗则采用了对话形式，其戏剧感更强。蠓虫是与大山对话，椿象是与大象对话。这两场对话都是在渺小事物与庞然大物之间进行的，其含义却不一样。《蠓虫》表露的是一种平等的观点，山与蠓虫虽然大小有异，却都是真实的存在。而《椿象》则是对盲目自大者的讽刺。这首诗用瞎子摸象的写法，写椿象这个小虫，错把象腿当成了柱子、象耳当成了扇子、象尾当成了吊锤、象的身体当成了大山，面对大象而不识，还趾高气扬地与大象攀亲戚，耀武扬威地用大象来唬人，真是可怜而又可悲。西方歌剧里有一首名曲，叫《跳蚤之歌》，记得是吟唱跳蚤跳到皇宫里后发生的故事，讽刺性很强，也很风趣。赵镇琬写的《虱子》一诗与之异曲同工，写豪华酒店的套间里的一只虱子，与住在套间里被称为尸位素餐者的肥胖房客展开的一段对话，虱子说自己要比这位"尸位素餐"的房客"可爱多了"云云。写得也蛮有意思，戏剧色彩很浓。

充满幽默感的戏剧化与童谣化的咏虫诗，最能体现诗人的个性，也最有可读性，它们构成了这部咏虫诗集的独特的精彩景观。

说起来这独特的精彩景观，全然系于赵镇琬那久已深存于心中的虫兴乡趣，这让我不禁想起他当年牛刀初试发表在《齐鲁晚报》上的那首题曰《老梁》的诗作：

我半躺在床上
注视着那架负重的老梁

曾祖父小时候
它就这样——
　一头托在南墙
　一头托在北墙

我忽然在想
假若是我
该是什么滋味？
别说是负重
单就这样悬空挺上
几分钟　那也一定

够呛　更何况

还有　几只

木蠹挠得你

钻心

发痒……

　　没料想，这诗尾蠕蠕闪现的钻心挠痒的几只木蠹小虫，竟成了赵镇琬日后启开雕虫作坊之门的催咏虫豸之诗的精灵……在这部新老咏虫诗作集成之际，写下以上感言赘语，不当之处，敬请读者方家赐教指正。

　　是为序。

2001年6月11日初稿于泉城

2021年11月正稿于山东师范大学寓次

序

雕虫非小技

◎章亚昕

人们常说雕虫小技，似乎雕虫不如雕龙，正如刘勰的《文心雕龙》就非同小可；不过，卞之琳的《雕虫纪历》亦有其价值在，王力的"龙虫并雕"，也说的是尺有所短，寸有所长，大可不必太死心眼了。因此，何妨说虫即是龙，而龙亦是虫呢？在诗人笔下，无论龙还是虫，只要活灵活现，便不可以小看。近来读赵镇琬的虫诗，更坚定了我这看法，虫未必小，龙未必大，全看你怎样处理。齐白石笔下的虫，准比我画的龙更能引人注目。

诗人阅世既久，人间世态烂熟于心，一丘一壑、一草一虫中，均可以包容过人的见识，种种悲欢哀乐浓缩于一个焦点上，那么这一点也就特别地值得回味。有人说，悠悠一生的积累，也许可以化为晚年的十行好诗。唯有陈酒才耐得回味，比一川滔滔清醇琼浆玉液还要醉人。在赵镇琬的虫诗中似乎便包容了极成熟的智慧。他仿佛把大千世界都投入了"虫草园"里。一种对于生命的理解和对于人生的关切，使赵镇琬的虫儿身上闪烁着人性的光影，像穿过浓荫的阳光，随风颤抖，照见了虫之天地的罅隙里熠熠生辉的闪亮。

人非虫。然而诗人在虫的百态中诱发读者对人的联想，让人感受到虫身上的人味儿和人身上的虫味儿。虫的天地并不比人的世界更狭小，虫要活下去也得有一技之长，有的会飞，有的能爬，或吐丝，或隐形，有声有色，并不亚于人类的生存竞争。结果虫儿也就有了自己的命运，在某种意义上，与人的命运相对比，有趣也有味。故而，人人可见诗人的诗意表达所蕴含的机智，如《书蠹》，使人们想起饱读诗书却思想贫乏的书呆子。而《蜘蛛》吐出"飘忽的网"，可以粘住日月星辰的流韵，"是梦呓？还是幻象？"问题牵动想象，够巧。虫似人，人似虫，人耶？虫耶？只要有心，虫的天地也会变成人的世界。

在诗人所咏中，还有金龟子的贪、螳螂的蛮、纹白蝶伪善的美、萤火虫悲壮的死，而贴皮虫要命的爱却最让人深思："绵绵情意"不过是杀手食而夺命的手段：在"拥抱"与"亲吻"中，"喋液"和"吮汁"。于是，人的世界投影在虫的天地里，其中凝聚了诗人多年的见闻。所爱、所憎、所同情、所鞭挞，都默默注入了诗篇。抹不去的记忆也许太多，人生目睹的以及流连不舍的事件，便不是简短的警句可以容纳得下的。如此，诗中也就自然地搬演了戏剧化的场面，如《眼镜蛇》中少女与"眼镜"的幽会；想追求光明"摘取太阳"的小生灵"蜗牛"，穷尽毕生的努力，又回到"影子"的笼罩下，其情境有如崇高的悲剧。诗是表现艺术，但是不拒绝小说戏剧化的再现手段，只要能让人反复回味，某些情境仍不乏盈盈的诗意，如《虱子》中虱子与那位尸位素餐者在一座隐秘会所那豪华套房里的不期而遇所发生的戏剧性经历，以及连体诗《大嫂母》与《小呱嗒板子》之间所产生的让人忍俊不禁的戏剧性故事，等等，读后都让人过目不忘，回味无尽。

诗人吐出情思，使缠绕在心田的记忆舒展开来，如蚕抽丝，织成意象的茧络，人生的日月星光均闪烁其上，"是梦呓？还是幻象？"是想象力冲动于心境，是创造力徘徊于情境，在虫的天地里有人的世界，连珠妙语，令观虫的有心人，洞若瞥见虫豸们折射的心灵世界遂跃然纸上。

《雕虫咏》，值得一读。

2021年10月再笔于山东大学寓次

目录

草蛉

透明

的薄翼

闪烁流溢

如醉的

诗意

遐

　　思

月

白云的

襁褓

走

　出　映照

那

惝惝

寂飞的

绰约身影

渺渺溶入溟蒙

夜色　浑然

润染的

幽幽

朦

　胧

静翔

的轻盈　泊浮

如水月光　驻足

树梢　倾听

生命呼唤

的绿响

渴望……

2000.3.26

赤眼蜂

你
真小

小得
人们以为
你呀是一只
会飞的
小小
蚂
　蚁

寄生
是你的
撒手
好

铜

纤细
卵管　悄然
插入害虫体内　产下
你的粒粒卵子
生长发育
制害于
死地

你
真伟大

生命的
绿波　将你
送入世人
仰然的
注目
凝
　视

2000.3.12

蜉 蝣

与世

无争　漫不

经心　似乎是你

与生俱来

的天然

丽质

个

　性

你的

体态　成年后

的飞姿　都给人

一种视而不见的

感觉　如此

飘然　轻盈

宁寂

无

　声

稚幼时

的你　无忧

无虑　快乐地

嬉游在泓清如镜

的水中　漾洄

岁月　把你

成长的憧憬

酿成馥郁

香醉的

恬静

童

　梦

一年

五六年

过去　时间

为爬上岸的你插上

列祖列宗最先拥有的

一双原始翅膀

悄然　飞向

苍穹笼盖

的寥远

幽冥

然而

死亡的

召唤　就在

眼前——也许

只有几个小时

抑或　千几

秒钟

短暂

的成年

生命　无法

越过死亡的

界河　你

呀——

来也

匆匆　去也

匆匆　何处

才会寻到你那

搁浅的

梦想

新

　生

　　？

　　……

2000.3.28

竹节虫

月光
流影　竹枝
蹒移

蹒跚
蜗行　抖失一滴
夜露的
闪熠

荡弋的
喘息　扶风
擎起万竿
翠碧

哦——

竹节虫

你这竹林里

茕自独来

独往的

孤苦

生

　　灵

难道

你呀　就

不曾想走出去

看看外面世界的

春光里那青山

绿水　精彩

纷呈的

姹紫

嫣

　　红

　　　？

2000.3.25

涡 虫

潜于

溪之底　伏吻

每一天清澈

潺湲的

日子

漾中——

望

响亮

流水　漩着

水涡　唱着

泠泠的歌　载走

岸边秋风霜枝

抖落的凋萎

忧伤　留下
心中漫游
瀛寰的
恬梦
冥
　想——

在
暗夜
高天银河里
畅泳　与那
牛郎和繁星
一起纵情
放歌
咏
　唱……
……

2000.3.19

葫芦蛾

葫芦花

擎起　月光

漂洗的玉洁　纳无

暗夜蕴含的

静谧

深

　　邃

朦胧

夜色　放逐

一只葫芦蛾　翩跹

寻觅的生命遐思

伏吻那架上

葫芦花宁然

绽放的

馥郁

韵

　致

可是

葫芦蛾呀

葫芦蛾　至时

你呀却难以知晓

那老成硕实的葫芦

到了诡计多端的

阴谋者手里

那葫芦里呀

他卖的是

什么药？

是蜜汁

还是

毒

　剂

　　？

　　……

啊

只有

他知天知！

——你却

不知……

2001.5.20

虾

名之

名　非

常名　生活于

水中的你呀

被名曰

虾　似乎

无缘于

虫

然而——

然而

知道吗？

在节肢动物

的三门族亲谱系

榜单上　你与

昆虫共属

同宗兮

齐然

名

　列

　　其

　　　中

可是——

不知

何世何年

也不知何因

何故　咋就让你

与蟹为伍　竟然

成了古老神话里

龙王爷的蟹将

虾兵　被用来

贬喻那不中用的

将领卒丁

抑或爪牙

抑或

　帮

　　凶

你呀——

难道

对此　就

心甘情愿　却

不曾觉得愤懑

失意悻悻

憋屈冤枉

而胸生

　嗔

　　　怒

　　　　　不

　　　　　　　平

　　　　　　　　　？

日月

经天

往逝

声远

你

终于

迎来了

中国现代

绘画艺术大师——

齐白石这位享誉世界

画坛的巨匠　是他

以其绝妙的中华

水墨艺术国粹

出神入化地

将你送入

至高的

绘画

　艺

　　术

　　　殿

　　　堂

瞧——

你那

透明的

千姿百态

活灵活现地

跃然于仰瞻者

眸池　熠熠

闪耀着生命

永恒的

鲜活

　灵

　　光

2001.5

图／丁午

· 图语 ·

虾之骑士

当年丁午于中央美院就读

曾有幸目睹师翁白石先生面授画虾

而驾鹤仙逝的师翁白石先生啊

却未能亲读后生丁午这位

虾之骑士演绎的妙图童话

天 蛾

谓之

大哉者

概莫如天矣

哦——天蛾！

你这

天赐的偌大

形体　在昆虫

世界里　谁之

堪比？　那旋旋

卷曲的长吻　那翩翩

扇动的素雅双翼

无不让人哪

叹观

止

矣

你那

翡绿的

童年幼体

粗而肥实

豆类及甘薯的

叶茎　供养你食而

成年　夏往秋瑟

冬将至时　你

蛰伏于地下

之穴　熬过

冰寒冷肃

的漫长

冬季

时序

轮回　春暖

花开　化蛹

为蛾的你　嬗变

一只天蛾的绝美绮丽

送别夕阳坠落的余晖

翩跹导引天籁奏鸣的

又一个暗夜的

开始　迎来

一钩弯月

的斯然

升起

哦

展翅

曼舞于茫茫

静好夜色的你呀

在一方理想境地

悄然播下

粒粒

　卵

　　子

生命

维艰　忍而

克难

哦

天焰

为你这

口吻长却不食

而终了的空腹

之躯呀　点燃

霞舒霞卷的火红

祈福生命梦寐

以求的

迭次

　代

　　生

2001.1.26

蜻 蜓

降世

草丛　若

一只微然纺锤

穿梭促织田野里

禾谷们宁然

苗长的

脉息

碧透

的日子　染绿

鲜活的

生命

轨

迹

夜幕
降临

明月
升起——

你
那无声
扇动的双翅
悄而匿迹在蒙蒙
夜色深蕴的
无边静谧
暝际

落翅
禾梢　惊闻
微风中　禾谷
腴叶儿摇曳
的阵阵
索索
低
　泣——

呃
是你
以不为
人知的独具
感应方式　迅然
召唤群友众伴

以消夜蚜肴

之大餐——

抚慰禾谷

遭受的

腻害

蚜

　　袭

啊

露珠儿

是叶儿们

真诚的

感激

泪

　　滴

旭日

从大地的

怀抱　冉冉

升起　翔归

之掠影

匆匆

邈

　　　逸……

哦

蜻蛉！

2000.3.28

面包虫

也许

你的前辈　曾

遭受过太多太多

饥饿难忍的

煎熬

苦

　　痛

所以

就放任你这

心肝宝贝　在

西式手艺面食的

作坊里　尽情

享用　游戏

你的

一
　生

——怎知
竹篮子打水
一场空　到头来
令尊令堂　梦想
喂出的飞龙　却
变成了眼前
咋也不愿
看到的这
鱼鸟竞相
争食的
面包
虫
　虫

2000.3.14

龙凤画

望

子　望女

成龙成凤的

憧憬　化成

一个昼思

夜想的

诱人

痴

　　梦

倒海

翻江　龙凤在

痴梦中

搏击

飞

腾

痴梦
醒了　却
不见了　那
酪寐以求的
龙踪
凤
　　影

原来
梦中的
龙凤已变成
浅溪缓流里　一只
雌雄同体
嬉游的
可怜
甲
　　虫

它
叫龙凤虱

——嘿
管它呢
什么虱不
虱的　只要

能沾上点龙凤的边

就行　俺们这

当爹妈的呀

也算不虚

此生　没

空做了

这场

啊——

望子

望女

　成

　　龙

　　　成

　　　　凤

　　　　　的

　　　　　　梦

　　　　　　　！

2000.3.22

青 虫

生母

用一粒

微然细卵

藏匿的基因

密码　为尔

染就一身

碧绿的

幼装

穿着

它　尔就

开始悄悄儿

混迹于那绿色

空间里的

肆野

放
　　　荡　哦

每日里
没黑没白
昼夜不息　不是
觅行于稼禾果木之上
就是朏寻于
菜蔬的
翠叶
　茎
　　　秧

蛀咬
啃嚼

盈盈
中饱　一副
欲壑难填
的无厌
食腹
　贪
　　囊

尔
终于
长大了

还记得幼时

生母对尔

讲——

尺蠖

吊死鬼呀

那诸多族裔旁亲

不是尔的姑表

兄妹　就是尔的

堂舅姨娘　咳

它们哪个

不是作践

四方的

罪孽

　　祸

　　　殃

　　　　？

生母

临终时

语重心长地

又对尔

讲——

母之

这辈子　已

无可挽回了……

假若尔与族亲

再不改变下代后辈的

遗传基因　那么

就依然还会成为

遭世人唾弃

的伥鬼

魑魅

　　魍

　　　魉

尔

问师乡井

髯须学究老叟——

未来的科学呀

是否能实现

余之生母

殷殷

　期

　　望

　　　？

叟

态窘　直播

败顶　这……

语塞

　无

　　答

2001.1.1

图／吴安

·图语·

奇目之钓

奇之目兮谁之眼／瞳之孔兮方非圆

利之熏兮生诡谲／诱之饵兮垂钓线

青之虫兮被捉俘／做之饵兮匿钩弯

抢之食兮休活命／慎之酌兮免祸端

鳅

在
江河里
潜游

在
湖海里
腾泳

搏涛
击浪　劈波
斩风

不畏
山高流急
巇瀑跌宕轰鸣

俯冲

哦——

何惧
岸阔　滩险
礁岩叠嶂
重重

自诩
自擂的
你　似乎
成了盖世无双
称雄于天下
的弄潮
精灵

其实
你一旦
离开了窃窃
吸附于寄主的
鱼体　瞬间
便会失去了
生命赖以
存活的
看家
本

领

——不是吗？

你呀
不过是
一只　形若
吸血臭虫　令人
不齿　憎恶
至极的
可耻
寄
　生
　　虫
　　　！

2000.3.18

磕头虫

悠悠
时光　忽长
忽短　沉沉渗入
土壤隙间　一条
金针　镀上
黄褐
　色
　　颜

涟洏
根茎　睁开
泪眼　矍然
瞥见　饱汁
金针　已经变成
穿上黑褐古典长袍

的成年　温文尔雅

走出土地

深埋的

黑暗

挺直

的身板　仰卧

阳光浸亮的大地

痛思的遗憾

拨动负疚

的心曲

泣弦——

辛劳的

人们哪　从我

稚幼的金针童年

到步向衰老的今天

我的顽劣　曾给你们

汗水滋长的禾木

加害了多少

痛苦的

糟践……

……

深悔的

自忏　反弹

而跳　怦然

叩响
　谢
　　罪
　　　的
　　　　头

哦——
苍天
请接受
我这迟到的
自省
　悔
　　悟
　　　道
　　　　歉
　　　　:

　　　　　　　　　2001.5.21

蛊

你呀

诞生在

一个古老

传说的

经典

故

　　事

　　　　里

心怀

叵测的

奸宄　把捉集的

众多毒虫　放进盛着

阴谋的器皿　挑起

它们相互残杀的

吞食　最后
剩下你这
唯一的
毒虫——
谓之
蛊

此后
内起的
奸　外起的
宄　便将你这
毒虫隐入诱饵
诡谲实施
害人的
毒计——
被称
蛊
　惑

哦——

而今
古老的
时光虽已亡逝
然而蛊之惑　惑
之蛊　却依然
活着——

善良

纯真的

人们哪——

你万万不可

浑浑噩噩　糊里

糊涂　被那心怀

鬼胎的蛊惑者

以其三寸不烂

之舌道出的

花言巧语

所俘获

成为——

它的

附庸帮凶

为害

　作

　　恶

2001.6.23

草履虫

你

来自

一个久远的

原生古老

家族

门

　第

先祖

赐予的

草履　和

不屈意志　让你

和你的家族　涉越

漫漫几多亿年的艰难

生命旅程　穿过

时间与历史的

壁障　终于

抵达今日

静泊的

淡水

之

　港

于是

在那　曾经

涉逾时间　与

历史的草鞋底上

你那固执倔强的原生

生命图像　便凝为

这淡水静港里

施施然　自由

浮游的　最

完整的

古老

化

　石

　　风

　　　景

2000.3.18

跳 虫

跳

　跳

　　跳

从

史前　到

今天　你曾

跳过了多少个

世纪的

门槛？

跳

　跳

　　跳

从

原始的

古老　到

现代　你曾

历经了多少漫漫

岁月的洗礼

与沧桑

变迁？

可是

千万年

逝去　你却

仍是因袭始祖

的嫡传　秉性

依旧　故态

依然——

跳

跳

跳

没有

生命孜孜

追求的高远

执念　更没有

生命追求的社会

贡献　哪怕在难耐

的阴湿或腐臭中

只要能够苟延

活着　　那就

跳个不停

哈哈——

没人

会想到

你竟然跳进了

马三立老先生　那

著名的单口

相声小段的

包袱里

嬉皮

开

　　言

　　　：

跳

跳

跳

逗

你

玩

！

2000.3.29

图／丁午

· 图语 ·

"趣"之肴

童书一本／米饭一碗

边吃边看／夹"趣"下饭

这奇思佳肴哇／举世唯此独鲜

不过吃了这顿／下顿以甚佐餐

丁午丁午／君当何言

白 蚁

你
群居在
阴暗里　诡秘地
张目窥伺着
时光的
凝固

哦——

时光
在田野里
凝固——时光
是一棵棵
参天的
大树

时光

在城镇里

凝固——时光

是一栋栋

矗立的

建筑

时光

在大河上

凝固——时光

是一排排

耸矗的

桥柱

时光

在山野间

凝固——时光

是一条条

铁路的

枕木

时光

在水岸边

凝固——时光

是漫漫防洪

长堤的

坚固

然而——

你这
时光的
逆子　却
无耻地背叛了
上苍和生命之神的
叮嘱　竟然就在时光的
怀抱里　以千百倍的
疯狂　轰然而上
汹然间　将
时光的辛苦
凝固　蛀得
千疮
百
　窟

树
死了

房
倒了

桥
塌了

路
毁了

堤
决了……

哦——

一群
大腹便便的
白肤逆子　正忙着
钻出　那一堆堆
时光碎片留下的
废墟　睒睒寻向
正在崛起的
新的时光
凝固

2000.3.13

地鳖

我
在墙脚
挖土 土里
钻出一只
地鳖

我
要踩死
它

地鳖
急忙说——

别
别 外面的

世界　这么精彩

可我　还从来没有

见过　瞧——厚厚的

土层　把我压得

扁平　整日无光的

生活　给我的

身上　染上了

浓重的

黝黝

黑

　色

我说——

地鳖

听你这样说

我可以放了你

不过你要告诉我

你打算去

哪儿啊？

地鳖说——

我

要去

入药——

知道吗？我们

地鳖　能通经
止痛　还能
散瘀
活
　　血

听
其言
我赶紧放了
地鳖　让它
看过外面世界的
精彩后　把其
为人们祛病
的善良
心愿
了
　　结

2000.3.12

衣 鱼

虽然

没有眼睛

然而　却

最惧怕　最敏感

那炯炯照射

四方的

日光

锐

　芒

所以

你这无鳍

之"鱼"　便

伸出鞭状触角　摆动

三条长毛尾桨　把

太阳遗弃的一隅黑暗

幽场　当成了

你旱泳的

海洋

那

漆黑的

储衣橱柜里

就成为你

最最喜欢

隐居的

天堂

蛀食

攫取——

一

件件

衣物上

被打洞开窗

咀嚼品味

饱填

贪

　囊

生命

的道德

价值准则

在你无耻的

贪婪中　被

败坏

沦

　　丧

一条

原始的

亡命幽灵

猝然陈尸在

炎炎烈日

曝晒的

晾

　　绳

　　　　上

2000.3.28

变形虫

变形

变形……

啸然

遁潜的

时光　化作

随时变幻的伪足　让

一个古老原生家族　漫漫

遑越走过无数个世纪的生命

长路　成为幽逝的

时间和历史　在

而今显微镜下

翩然复活的

一帧遗照

裸影

变形

变形……

先祖

遗风　让你

至死不改汝所承袭的

那份宗传固执　和

纵己所欲的

冲动　与

任性

在

今日

已进入21世纪的

网络宽带上　你

依然故我而行　游弋中

寻不见你固定的

模样　鼠标下

搜不见你

固定不变

的标准

造型

恣意

的不羁　有时

竟让你从生活的

水中乐园出走　钻伏
腥臭的肠道里寄生
成为　引发
恶痫的
孽根
祸
　种

变形
变形……

从
史前　至
如今　你这个
古老原生家族逆子
放荡不羁的
秉性　改亦
难——

变形
变形……
始而
何
　终
　　？

2000.3.19

蛀虫

凡

人者

皆知焉——

蛀

即咬　咬

即蚀　蚀

亦食

故而——

你呀

便成为

那些蛀咬

攫食公共资产

侵吞公共财富

等等诸类

蠹贼的

喻称

而在

你这喻称下

的蠹贼们哪

诡诡谲谲偷偷

窃窃　贪得无厌

作恶多端的种种

劣迹　噬吞了

世人多少以其

心血汗水

换来的

财富

果

　　实

　　　　？

然而

在你这喻称下

人变的虫　虫

变的人　却决然

没有想到贪得

无厌的你呀

终然走进了

自掘的

葬身

墓

　穴

哦

闻者——

戒！

哦

戒者——

安！

2001.5.21

萤火虫

挑着

一盏晶亮的

灯笼　给夏夜

送去光明

和一片

赤诚

岂知

夜　只对

黑暗与

阴谋

钟

　情

杀身

灭顶

——这

就是　夜

对你的

恩赐

回

　敬

1989.9

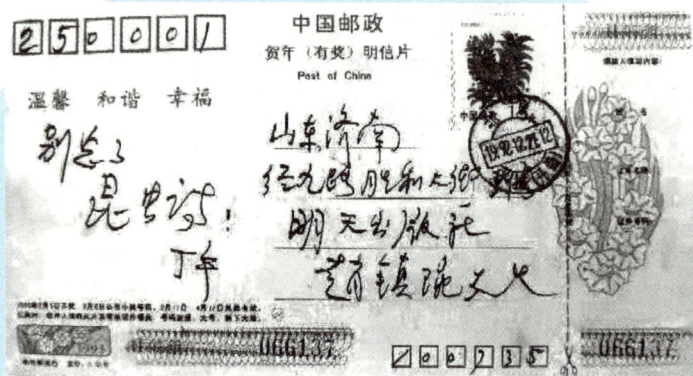

图／丁午

·图语·

灯笼逗趣

萤火虫挑着灯笼／给夏夜送去光明

泥塑虎娃儿挑着灯笼／给农历新年送来吉庆

丁午老兄啊童心未泯／在寄我的贺年邮卡上

漫笔添画上了他与泥塑虎娃儿逗趣的手电筒灯笼

哦奇思然心裁别出／妙哉妙哉妙妙哉矣

血丝虫

活着

不能造福于

他人　但至少

也不该因为你的

存在　而危及

他人的

生命

这——

当是

一个生灵

活在世上的

第一准则　与

生命道德

信仰的

基本

垂

　奉

而你

却　恰恰

选择了罪恶　在

人的不意中　乘机

钻入脉管　噬食

血浆　给生命

制造难以

言状的

苦痛

上苍

赐予的

矫健体姿　由于

你的肆虐　被骇然

扭曲为不堪目睹

的象皮大乳

粗腿巨睾

等丑陋

畸

　形

生命

评价的

档案里　为

你这个凶恶丑灵

烙下丝丝

血染的

恶迹

劣

　　踪

天地

一梦

在

今日

的神州

大地上　你已

断子绝孙

涤荡

无

　　踪

　　　!

2000.3.24

蛔 虫

提起

你　总让人

骤然产生　一种

难以名状的

寒栗

　　恶

　　　心

假若

生命活到

你这个份上

倒不如鼓起最后

一丝勇气　为了

尚存的那点

自恋自尊

悬而
　　自
　　　尽

你却
不以为然

——悬而
自尽　那可
不行　亲爱的
诗人　我呀——
既已在寄主腹中
栖身　我就是寄主
生命的组成　若
没了我的存在
还谈何生物
之链的
完整
　　依

　　　存

　　　　？

　　　　　！

然而
无赖的
狡辩　却难以
延缓你这个

世上肮脏

无赖的

命殒

　　寿

　　　终

呃

化粪池里

漂浮着　你那

瘆人的惨白

裸尸

　　秽

　　　影

2000.3.11

金龟子

饰金

裹银　披一件

耀目翡光

甲衫

妖艳

的装扮　流泻

招摇于市的

虚荣

薄

　浅

昼

寂伏

夜

无眠

久已

的达旦

逍遥　虽已

让眸池干涸

然而对黑暗中

光亮闪熠的

诱惑　却

依然有着

特殊的

敏感

迷

　　恋

呃

盲瞎的

碰撞刺激

终于耐不住

对趋光的骚动

和对流光溢彩的

痴情和迷幻

刹那间夜不

思昼的

它呀——

迅疾
坠入　那
不归的
炽灼
猎
　　猎
　　　火
　　　　渊

呜呼——

哀艳
轻浮的
灰烬　将自殉
炽焚的
残尸
掩
　　殓

1989.10

纹白蝶

用

皠白的

琼浆　染就了

一身　淡雅

靓丽的

时尚

素

　　装

销

魂的

纹白倩影　翩然

而至　悄悄儿

播下噬绿的

孽卵

祸

　　殃

——哦

美
被亵渎为
阴谋者实施
阴谋的
诡谲
伎
　　俩

　　　　　　　　　　　　　1989.10

钻心虫

阔野

苍蒙　五谷

玉苗竞茂

荣滋

菁

　菁

岁生

幽灵　疾厉

钻入禾株

翠茎

内中

凿洞　匿身

行凶

呃——

禾株
苗然生长
碧梦的心儿
被攫食
空
　　了

生命
赋予的
承重　再也
无法挺立
支撑

空洞
心房里
唯见一条
张狂钻心
幽灵的
凶恶
狰
　　狞

2001.5.23

牛虻

凶悍
的幽灵　轰然
飞出隐伏的
沼地
草
　　丛

罪恶
的翅翼　载着
罪恶的
血泵

牛
背上　响起
汲血的

喧嚣

牛
腹下　展开
噬血的
纷争

善良
的忍耐
却不是永远
抽打的牛尾　鞭笞
亡命的
汲血
顽
　凶

善良
的生命
终于以愤怒
赢得了憩息的
片刻
宁
　静

1989.9

图／丁午

·图语·

"牛道主义"

丁午丁午／下放劳动；

朝耕暮归／牛歇牿中。

牛虻袭扰／叮咬逞凶；

丁午执拍／将其毙命！

人道牛道／理通情同！

绦 虫

你以

身的柔软

体的悠长　与

绦带比拟　岂知你

难言的肮脏　早已

玷污了绦带

逸洒的

俏艳

绮

　丽

回转

迂回　你这

潜伏宿主肠道

的魅魑　贴伏血肉

肠内膜壁　在每个绦带的

节片之上　无不长着

传宗接代的秘器

每时每刻都在

繁殖暗藏的

致命

杀

　机

人哪

人　可要千万

当心这柔性杀手

诡秘行施的

凶险却又

悄而不动

声色的

夺命

攻

　击

2001.5.25

囊 虫

眼睛

是心灵的

窗户

窗户

拉开帘幕　纳映

光明　赐予

心灵的

锦团

花

　簇

敞亮的

心扉　让

如花似锦的

日子　变得更加
鲜活宜人
绚彩
夺
　目

昱昱
灵府　祸福
难卜　无影
厉鬼　破窗
而入　刹那间
拉下敞开的帘幕
降下　无尽
黑暗的
恐
　怖

溺失
的光明　在
墨渊中　恸然
泣诉　述说一条
绦虫幼鬼令人
愤憎的
可
　恶

2001.5.26

独寂

冷清　孤单

孑然

死水

的恶浊　浸臭了

长夜　泡臭了

白天

一屈

一伸　溃血的

卵　孵化无尽的

跟头　一个接着

一个　一串

连着　一

串……

……　……

子遗

的狂欢

却终究没能跳出

亡命的

原点——

呃

化身

蚊子的

你　到头来

还是栽在　那

叮人血梦

破灭的

闪然

瞬

　　间

2001.5.25

浮尘子

非

黄绿　即

褐黄——

着

一身

多颜翼展的

奇服

异

　装

其状

如蝉　而

微然

其轻

若浮尘　而

飘忽　若

粉屑　而

飞扬

藐藐

杀手　隐附于

稻麦禾茎

窃汁

掠

　浆

生命

价值的

天平上　尽显其

超重的

负面

分

　量

2000.3.27

蟑螂

太阳
不愿见到你

月亮
不愿见到你

星星
也不愿见到你

因为
太多的
作恶　光明
将你
抛
　弃

多行

不义　必

自毙

贪囊

爆满的

你　着一身

白色丧衣　蜷缩

土里　在幽幽

黑暗中　勾首

掩面　祈求上苍

再宽赦几日　那

命归西天

于死的

寿终

丧

　期

2001.3.10

象鼻虫

只

因为

有了一只

细长的酷鼻　就

自以为　也像

大象一样地

伟然　而

了不起

出没于

密林　旷游于

绿野大地　肆意地

劫掠　留下

满目

狼

藉

想
过否？　屡行
的劣迹　随时
都会让你
猝然
归
　西

因为——

对于
恶行者来说
每一天　都可能是
不祥的凶辰
丧日……

2000.3.22

天牛

你呀
从母亲
播入地下
的一粒细卵
到生长发育成虫
一直生活在
厚厚土层
深埋的
幽幽
黑
  暗
    之
      中

历经

多年漫漫

时日的期盼

你和你的同侪

兄弟姐妹们哪——

谨遵祖传规约俗成

的世袭归依执念

终于盼来了夏至

这个节令隆隆

送来的首场

透犁甘霖

喜雨唰唰

降临的

生命

激

　　动

哦

时不

我待　机不

可失　嘎嘎

早已急不可耐

的天牛生灵们哪——

竞相破土而出

纷然奔向

阔野的

空旷

郁

葱

雨过
天晴

群而
同心的
天牛哇自主
婚配　共续
生命传宗
接代的
神圣

然而——

天牛哇
天牛　从
来到这雨后
绿野　至你正寝
寿终　属于
你的光阴
却只有
短短
几
　百
　　分
　　　钟

嗟夫——

在你这
短暂的生命
时限里　惟余
那茫茫然恍如
做牛的幻觉哟——
尚在冥冥中
企望负轭
耕耘穹际
缥缈的
缤纷
灿
　烂
　　化
　　　境

1989.11

图／丁午

·图语·

新朋友

丁午漫笔一挥／为儿子邀来的

新朋友哇真不少／你瞧你瞧大天牛

还有蚯蚓飞蚁／甲壳虫五星瓢

都纷纷赶来哟／向丁小宝报到

独角仙

你
似乎　觉得
自己已经灵仙
附体　四野皆为
汝所独霸的王道乐土
天下者　还有
谁敢　与之
争锋
匹
　敌

一只
天下无二
的独角　透着
阴森
戾

气

想
与我
对话吗?

它
就是——
语言

想
与我
争辩吗?

它
就是——
意志

可是
你　却
忘了——善待
他人　才是
善待自己
否则
呀——

下场
可悲矣!

2000.3.29

蜣螂

不管

烈日当空

还是云翳奔走

你总是穿着黑袍　在

无垠的田野察巡　用

自己的方式　清除

腐尸的腥　送走

粪便的

臭

在土

一方　恪尽

职守

圣洁

的崇拜　滚动

浑圆的球体图腾

无声运转　将

生命之追求

延向诗

与远

方

于是

大地涛滚的

绿波金浪　从春

涌到夏　从夏

涌到

秋

哦

屎壳郎——

笑红

脸的翠果　正

嚷着　争做

你的迎亲

扮娘

哩

　　！

2000.3.20

螟蛉

螟蛉

身绿　体微

如粒

祖诞

元古　续存

现世

行之

展翼　飞东

飞西

侵害

禾谷　谁不

憎弃？

螟蠃
捉其　藏于
窝里

古人
有误　察之
失细——

《诗经》
载咏　喻其
义子

而今
匡正　人皆
洞悉——

螟蛉
有子　绝非
螺蠃
负
　　之
　　　！

2001.5.23

螺 蠃

沿着历史

裂变的　一隙

狭长夹缝　你这

振翅而翔的灵精　斯然

飞抵遥逝的春秋历史　打开

古老田园歌吟的

不朽谣唱《诗经》

捉俘侵害

禾谷的

螟蛉

而

千古

绝诵的

《小雅·小宛》　却

怎么也没有想到　你

竟然会将自己的枚枚

细卵　产在被捕获

的螟蛉体内寄生

为蜂氏家庭的

兴旺　接代

传宗

而

贻害

作乱的

螟蛉　也随之

被驱除

毙命

哦

蜾蠃

人类的朋友

古老智勇的

寄生蜂

2001.5.23

松毛虫

松
是青山的
主人

月亮
出来了
松　不声
不响

松
站在
山坡　撑起
一方天空　瞭望
墨染的
家园

密密

松针　挑着

晶莹的露

流彩的

梦

月光

冷焰　燃尽

暗夜幽影　露出

一众星毛虫

集群而行

涌动的

狰狞

朦胧

松野　迅即

袭来那飘忽的

松毛虫红褐毛火　卷起

蛸蛸斑斓如汐

若潮的

狂然

涌

　　动

啊

来了

瘆人的
毛　若虎的
虫

瞬顷——

所有
松冠上的
松针　溘然
荡失一空　惊惧
悚梦　嗒然
泪
　醒

风咽
松恸

被掠的
松　黯然戚泣
失声　呃呃
松毛虫你这
凶悍的
横行
灾
　星……

2000.3.25

吊死鬼

你
吞噬了
太阳熠熠
繁殖的
绿色
生
　命

掠食
的排泄
边吃边拉
恍如淫雨纷倾
污秽了大地
展布的
一片

洁
　净

月浸
冥冥

你
终于
扯一根
长丝　荡然
吊起茧壳里
打着饱嗝
昏昏然
睡去的
幽灵

哦
飘摇
化蛹的
鬼魂　贪梦
无境……

1989.11

虱　子

一座

隐秘会所

那豪华套房里

住下一位　被称

尸位素餐者

的肥胖

房客

时夜

酒足饭饱

月色

朦

　　胧

一只

虱子　不声

不响　悄悄

爬到这位尸位

素餐者　浴后

赤裸的身上　撅起

它那圆亮的腚　拼命

吸食这位房客

脉管里浓血

滞流的

稠脂

黏

　　红

房客

怪痒痒的

他一边扣着

痒痒儿　一边

对虱子

说——

虱子

你这个

可恶的寄生者

真讨厌　除了

吸血　传染

疾病　你

还会

做

　甚？

虱子

听了不悦

忿怼

道——

请你

住嘴　我这个

小小的寄生者比起

你这位大块头的

尸位素餐者来呀——

可爱多了　哈哈

哪像你哟　要多么

可憎　就有多么

可憎　空占着

位子白吃饭

正经事儿

你做过

几宗

　？

三星晌

牌局喧　哇——

你听　应唤

送来夜宵酒食的

会所服务生啊

悄声按响了

你那房间

门外的

电子

门

   铃

叮咚——

2000.3.14

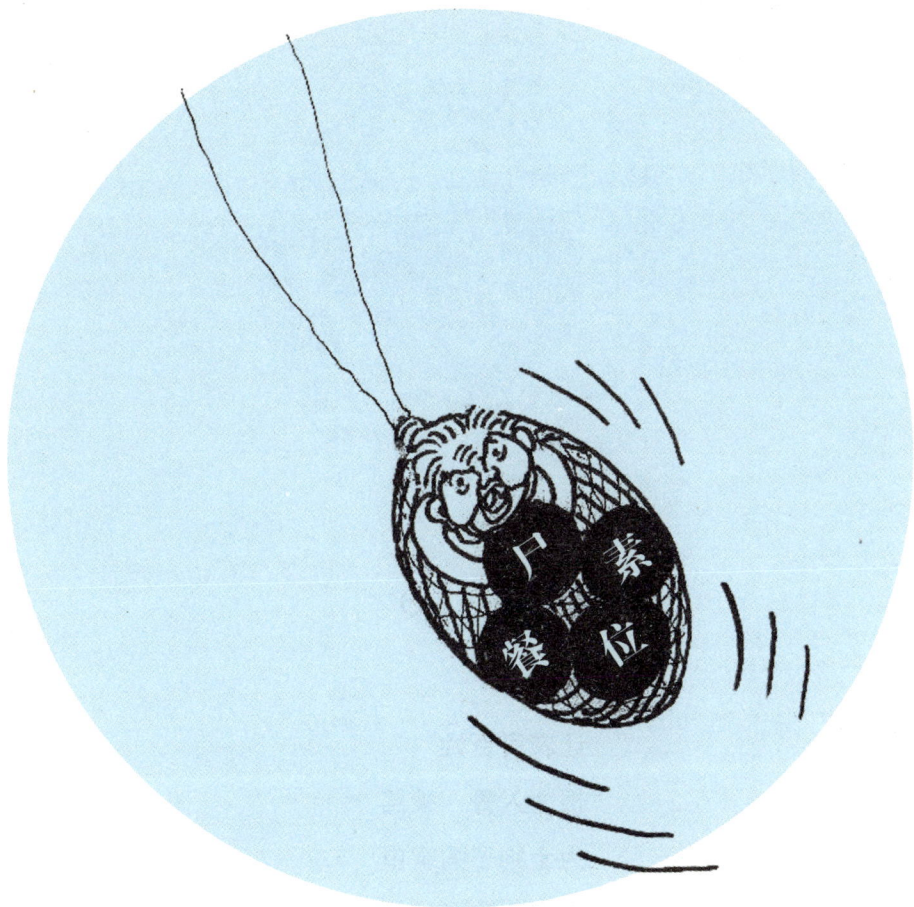

图／赵镇琬

·图语·

吊"尸"鬼

悠悠荡荡荡悠悠／空占高枝吊上头

饱食终日无所事／尸位素餐何知丑

小宴大宴日日宴／享尽美酒佐珍馐

贪赃枉法遗骂名／尸鬼堪比死鬼臭

蝼蛄

你这

让农民百姓

恨之入骨　被骂

为土狗子的害虫

自有土狗子的

狡黠　和

诡精——

因为

惧怕白日的

光明　便挥动

两把足铲　掘开

蜿蜒通往地下的

甬道　隐居泥土里

精心构造的

阴穴

暗

  宫

昼伏

夜出

幽寂

的黑暗　为你

颁发　劫食

行凶的

通行

证

多少回

南来的雨　北往的

风　有多少蓄势

勃发的青谷

嫩禾　惨遭

你土狗子

断根

绝

  命

   ？

吃农

害农　天理

难容

哦
土狗子——

你这
人见人恨
的鬼灵　纵然
跳进大江大海
也休想洗刷掉
你那被庶民
百姓永世
唾骂的
罪恶
臭
　名
　　！

2000.3.12

造桥虫

蜎
行的
拱　在
桥上
蠕
　动

似
桥的
造型　却
寻不到
桥的
功
　能

屈

伸的

拱里　装着

被劫夺的

绿禾

谷

　种

1985.3

飞　蛾

因为
厌弃夜的
黑暗　矍然
扑向烛的
炽焰

它
自杀了

临死
方悟——
光明中
亦有
陷
　　阱

1985.3

蜜　蜂

黏稠的

颜料　掺揉着

绚丽的回忆　攒动的

笔触　蘸着芳菲的

渴望　急切地

扑向画布　激唤

逝去的

缤纷

生

　机

小院里

花儿　顿然

开满画架　枯干了

的生命　在盈盈见方

的天地里
霍然
复
　　活

她们
毫不理睬　这冬日
阳光的冷漠　穿着
俏艳的春天丽装　在
沉寂呆板单调的
灰褐笼罩中
舞蹈
跳
　　跃

风儿
打着冷战
掠过　摘走
老树上几片颤抖的
枯叶　花儿依旧和脸儿
贴在玻璃上的
蒙娜丽莎
一块儿
微笑
自
　　若

哦——

一只

蜜蜂　从天边

茫际渺然飞来　在

无垠的广漠溟蒙中

终于俯瞰到这方

花儿盛开的仙岛

生命顿涌的

激情　遂而

驱走心头

冬的

宿

　怨

欣喜

的翅膀　挣脱

流云的纠缠　驮着

一生奔波的忧欢　在

仙岛上空　终止

最后一圈盘旋　横空

划一道完美的音乐

流线　翩然

投入花儿

敞开的

怀抱

…………

黏稠

的颜料

虽不情愿　然而

生命的灾难　却

已经　成为

永远无可

挽回的

深深

遗

　憾

流泪

的花儿

托着蜜蜂的

遗体　向着冷黑的

宇宙　向着寒流

滚滚的高天

抛出一声

长长的

喑哑

嘶

　喊

——上苍啊

给生命　真正的

春天……

1989.11

越冬蚊

你的

生活经历　就像

童话里描述的故事

那样神奇　可以

告诉我吗？　在

四季轮回的旅程里

从遥远的极地　越过

冬季的严寒　在这

冰消雪融之际　返回

暖洋洋的春之故里

你是乘坐洲际游轮

还是搭乘

洲际

客

机？

也许

北极熊　或

驯鹿的血浆　已经

安抚过你那贪得无厌的

噬血邪欲　给了你

越过严冬　抵御

寒袭的

钥匙

否则

怎么会独个儿

钻入门户严守的总统

套房　暗自窥伺

船王公主　身着

真丝华贵睡衣

恬静入梦的

香姿?

在那

华灯熄灭之刻

当你用自己惯使的

伎俩　对公主实施亲昵的

噬血阴谋时　令人敬畏的

福尔摩斯大侦探　难道

就不曾前去侦缉过

正在沉醉于

作案的

你？

呃

可是

你还是

越冬而返　又

回到了

春之

故

　里

而今

在这盛夏来临

之际　福尔摩斯大侦探

已经准备好一只魔袋

发誓要把所有噬血恶魔

——当然，其中

也包括你——统统

装到里面

坠入死海

那酷咸

深

　底……

然而

誓言未必等于

现实　既然你

已经越过一个寒冷的

冬季　那么在下一个冬季

到来之时　说不定

你早已又搭上了

去往越冬之地

的另班游轮

或者喷气

客机……

不过

想再越冬

而逃　也没

那么容易　尔见否?

福尔摩斯已经把魔袋

提在手里　也许

这个夏天的

此刻　就是

你明年的

祭日!

1989.12

蜥蜴

你用

尾巴　写下一本

关于自己的

历险

传

　记

打开

书扉　顷刻

便会想起　已经

属于久远的

那份永不

磨灭的

记忆——

那坡

那山

那野花

那蒺藜……还有——

那

置之你

于死地的

搜索

      突袭

            围捕

                  追击……

伤口

愈合了　回眸

凝视　残存的断尾

似乎更愿意留下

那曾经索要过

整个生命的

东西——

于是

你失去的

断尾　就变成了

这个世界生命哲学的

一部分　它记载着一个

生灵　在失与得的相伴

相依及选择中　不得

不忍受的痛苦　与

由此而带来的

转机　或者

绝望　欢愉

或者

哀

　　戚

哦——

断尾

求生——这

便是你　以己生命

之亲历　向世人

诠释的"舍"

与"得"的

哲理

真

　　谛

1989.11.2

水 母

它
是　水的
妈妈吗？

水的
妈妈小雨点
对我
说：

——它
　　是　漂在
　　水里的
　　伞

小雨点

的妈妈乌云
对我
说：

——瞧
　　伞盖下的中央
　　还长着
　　嘴呢

乌云的
妈妈水蒸气
对我
说：

——嘿
　　嘴的
　　外周　还长着
　　许许多多像胡须
　　一样的
　　触手哩

水蒸气
的妈妈水
对我
说：

——咱们

一起猜个
谜语吧　你来
出谜面

我
答应了：

——"长口
又长手的
伞"　你们猜
它是谁？

哇
转了一圈
所有的妈妈
妈妈的妈妈
妈妈的妈妈的妈妈
都猜对了
它呀——

是
　水
　　母
　　　哩
　　　　！

2000.3.20

图／丁午

· 图语 ·

逍遥游

此刻如果这其状犹若巨伞

蘑菇的大水母闪而下潜／请问

丁午／你还能如此悠闲地浪掷浮生／尽情

逍遥而游／那时你将何如耳？

蛴　螬

你呀

是这个

星体上的

唯一　名字呀——

叫蛴螬哩　道是

一种小虫　然而你呀

在大自然五彩斑斓的

生物家族里　古往

今来　谁也甭想

寻得你的

活体　抑或

你遗存的

化石

　踪

　　迹

原来——

你呀
是大唐文豪
柳公宗元翁　文心
凝墨　以其雕龙锐毫
怡然将臆中哲思
垂锋纸上　为
喻胸寓　而
虚构的
虫豸
　　灵
　　　异

于是
微然的
你　从此
便永驻在《蝜蝂传》
这戋戋百字
经典的
寓言
　　故
　　　事
　　　　里——

你呀
不自量力
好负重物　喜上高

力倾竭　却不已

至坠地

　　而

　　　　死

　　　　　矣……

从

大唐　至

如今　千余载

倏然而逝　然而

柳翁笔下终然坠亡了的

你　却依然

鲜活于

人们

　　心

　　　　底

哦，蝜蝂——

你用

你的故事

告诉世上的

人们　上高嗜取者

哀乎哉　其悲

莫不若

尔兮……

　　　　　　　　　　　　2000.3.29

白蛉子

听

名字

你似乎　犹如

出水芙蓉般动人

美丽　像是一位二八

玉洁少女　典雅里

透着飘逸的

可爱

稚

　气

然而

真谛却并非

如此——

一样

的德行

一样的脾气　雌雄

相配的连理

结成一对

可恶的

夫妻

为夫

雄者　吸食

植物赖以

生存的

液汁

为妻

雌者　吮吸

人畜血浆　传播

可怕的

病疾

可是

你　却

拥有一个美丽

动听的

名字

——白蛉子！

2000.3.26

屎壳虫

这

只是你的

绰号　而你的

大名　叫

蛣蜣

谁知

为什么

当初造物神

没有为你量身

定制一套遮羞的

外衣　让时至

今日的你呀

依然赤身

裸体　而

不像

你的近亲

蜗牛那样　无论

去到哪里　背上

总是驮着一座

螺壳状小房

优雅地

走东

串

　　西

白昼

你像死了

一样　　隐伏

阴影里　气息

奄奄　酷似

一摊让人

作呕的

肮脏

鼻

　　涕

窥伺

等待

夜

终于

降下帷幕

笼罩四野之

茫茫

大

　　地

你

举起

触角上的一双

贼眼　缓缓拖着

那通身黏滑的

一摊软体　向着

片片吐翠的绿叶

垂涎爬去——

开始实施你

夜幕下的

罪恶

偷

　　袭

　　　掠

　　　　食

　　　　　……

呃，蛞蝓——

你

知否

活在世上

假若没了造福

社会的生命价值

且把劫取他者

视为自己生命

信条的唯一

这——与

一抹令人

恶心的

鼻涕

有

　何

　　相

　　　异

　　　　？

哦

你的

绰号　没有

错起……

2000.3.20

飞蝗

从南
掠到北　从
西　掠到
东

一路
飞行

集群
而劫的
不速之客　攫光
食净此一壤百姓汗水
浇翠的禾谷　又变幻
身披的溢光迷彩
换颜新装　展翼

驰往　渺然中
窥伺劫洗的
另一壤
沃洲
绿
　境……

哦——

铺天
而过的
蝗群飞踪　投下
世间那帝国霸凌
疯狂入侵的空袭
与之何其
相似的
苦难
阴
　影

2000.3.22

锹形虫

极

似

锹的造型

极具

威力的

双钳掘进

功能

八厘米

的偌大个头

让你　八面

威风

然而

欧洲深山里

的称雄　曾胁迫

多少弱小的

生灵　弃穴

逃生　亡于

心悸的

奔命

锹掘

相逼——读了

中国成语词典里的

释义　你呀

也许会

扪心

自

　省　哦

感到

些许的

脸红

吗

　？

谢天

谢地……

2000.3.10

赋 虫

密密
麻麻

或绿
或棕 抑或
嫩黄

是谁
把这细卵样的
族群 在悄然不觉中
暗渡到这片片
肥嫩的
叶上
？

细细

纤纤的

毛管　一齐

插入叶儿的嫩肉

嗫汁吸浆　直教

叶儿们

揪心

痛

　痒

液汁

煞然殆尽　撑大

窃食者的腹囊　暗泌

如露蜜浆　诱来

帮凶们的

匆碌

奔

　忙——

奸蚁们

腆着饱餐后的裸腹

把贿送露浆的小小

腻友　急匆匆

扛到另一片

肥嫩的

叶上

哦
心照
不宣的
黑箱作业　互为
利用的暗中
勾当——
　　可
　　　　恶
　　　　　至
　　　　　　极
　　　　　　　！

想过吗
如此两相
勾连作孽　等待
你的将会是
何种可悲
下场？

2000.3.10

蜻蜓

你的

启示　让

设计师　发明了

直升机

可是

你却从未发现

自身的

价值

——得意于

嬉　荒于

嬉　你

还是

你

1985.3

图／丁午

·图语·

聆 赏

丁午这蜻蜓啊往而使焉

不舍昼夜／点过水／便斯然

立之于一竿篱竹之上悠然聆赏起

朵朵喇叭花儿这无声吹奏的

嗒嗒嘀嘀进军号响

蚂 蟥

蜷缩的
囊体　潜伏于
潆绕的水溪
或污沼
湿地

——可怜
的扮相　若
死去
一
　样

然而
阴谋者　自有
阴谋者的

伎俩——

伺机
摄取的
将是生灵们
赖以生存
活命的
血浆

呃
蚂蟥！
蚂蟥！

1989.11

梨　狗

咬

食了

梨树们

几多嫩芽儿

成长的

憧憬

嚼

食了

梨树们

几多花儿

坐果的

酣梦

狂犬

般的疯狂　让

辛劳的梨农　为你这

逞凶作恶的毛毛虫

——人间灾星

送上　一个

"梨狗"的

永世

骂

　名

哦——

你这

虫里贪食的

"狗"　如狗

贪食的

孽虫！

2000.3.20

蚊 子

炎炎

伏暑　日落

月复　汗水

洇然渗染

夏夜的

惝惝

初

　暗

蚊聚

尔众　奄忽

作团　群袭

嘈响如雷　骇然

迎人倏而落定

戛然停止

萦绕

盘

　旋

呃

夏夜

群袭的

不速之客！

呃

夏夜

纷争的

饮血腥筵！

嗟夫——

蚊子呀

蚊子　你这

饮人膏血　以偷

其生的小小歹虫哟——

借夜幕而壮胆　伤人

行凶　若蟊贼

为非作歹乎

恶满贯哉

罪满

　盈

　　耳

　　　！

呃

难怪焉——

千百

年前　北宋

文学家范仲淹

就愤然垂毫写下了

檄斥你的一首

题曰《咏蚊》的

五言绝句

诗笺——

　　饱去樱桃重，

　　饥来柳絮轻。

　　但知离此去，

　　不用问前程。

瞧——

这

短短

二十个字呀

就活灵活现

道出了你这个

营营歹虫的

为害之重

和古往

今来的

　人

　　们

　　　哪——

对你

蚊子的

无比愤慨

之情　及

对你饮血

自益的

　无比

　　厌

　　　憎

　　　　　　　　　　　1989.10

螳 螂

虽然

一生贪吃

无饱　然而

至死　其身却是

依然地

瘦瘠

扁

　　平

近

朱者赤　近

靛者

青

阴暗

肮脏的

浸染　让神明

上苍送给你一副

黑褐鬼颜

其臭

恶

　　浓

急救车

闪烁的灯光

照见你　传播

疾病的

累累

孽

　　行

衣物上

被咬的窟窿

透见你　无恶

不作的

卑劣

狰

　　容

哦

谁见

谁厌的你

奈何
自
　　容
　　　?

然而——

你
却　少廉
寡耻　依然
我行我素
无动
　于
　　　衷
　　　　!

2000.3.12

蚰 蜒

只

因为

自己没有　像

蚰蜒那样叫人

称奇的悠悠体长　便

总是躲在阴暗

潮湿的角落

暗自

哀

　伤

其实

尺有

所短　寸有

所长　生命之

存在　总会在万般

的相似中　寻见

属于自己的

特异　并

显现其

价值

与

　辉

　　煌

发现

自我吧　给

生命注入

自信和

力量

　　　　　　　　　2000.3.11

珊瑚虫

张开

触手中央

的口　一声

招呼　便是神会的

生灵连着生灵

触手拉着

触手的

　　守

　　　　候

相依

的生命

集群而居　结成

一个亲密无间

的群体　大海里

苗然生长出
丛丛缤纷的
彩灌之林
摇曳着
旖旎
　　竞
　　　秀

浪击
的锤炼
凝成骨骼的
坚硬　不屈的
生命意志　化作
大海隆起的
脊梁　和
臂膀的
力量

哦
不朽的
生命礁岩!

哦
永垂的
海魂之雕!

2000.3.19

蟒

流泻的
光阴　若
一条蜿蜒的
长路

蜿蜒的
长路上　疾驰着
蜿蜒的
奔突

蜿蜒的
奔突　甩掉
蜿蜒的
追捕

蜿蜒的

生命　在
蜿蜒的路上呼啸
猎奔　属于
自己的
归宿

——尽管
祸福未卜

邈邈
远方　就是
光明与黑暗的
分野　苦难与幸福
生与死　交汇于
同一条蜿蜒
向前的
茫茫
殊
　　途

哦——
蜿蜒的
奔蟒　永无
休止地
蜿蜒
奔
　　突
　　　！

1989.11

图／赵镇琬

·图语·

两相遇

猪崽遇蟒惊慌慌／瑟瑟想起蛇吞象

蟒对崽说你甭怕／那典本是喻人贪

吞下的老鼠成大象／今儿个咱俩两相遇

大路朝天各走各／各奔前程两无妨

眼 虫

形如

纺锤的

你　身着

光合染绿的

古老泳衣　甩动

一根细长鞭毛　以

荡弋的匀速　穿过

时光隧道　游进

史前的天池

探秘早已

逝去的

远古

　传

　　奇

赤红

眼点　在

静水中闪熠

暗自寻找那一部

已悠悠沉迹了

亿万之年的

无字家族

《史记》呀——

今在

　哪

　　里

　　　?

一眼

千年

也许

著史的

司马迁哪

可以

　告

　　诉

　　　你

　　　　哩

　　　　　!

2000.3.19

蠓 虫

恍如
一屑 绰然
飘忽的微尘 蠓虫
投入大山
的怀
抱

蠓虫说——

大山哪 我
怎么感觉不到
你?

大山说——

蠓虫啊　我
怎么也感觉不到
你哩！

蠓虫说——

可是　我
的存在　是
真实的
呀！

大山说——

而　我的
存在　更是
真实的
呀！

2000.3.6

椿象

它
喝足叶汁
爬到一根
柱子上
——哇
　　这柱子
　　好高好粗哟!

这时
一个声音
对它说
——别吵
　　别嚷　这是
　　我的腿哩!

它

吸饱果浆

爬到一面

扇子上

——哇

　　这扇子

　　好大好威风哟！

这时

一个声音

对它说

——别吵

　　别嚷　这是

　　我的耳朵哩！

它

嘬完茎液

爬到一个

吊锤上

——哇

　　这家伙

　　好重好沉哟！

这时

一个声音

对它说

——别吵

别嚷　这是
我的尾巴哩！

它
放了一个
恶臭的屁　爬呀爬
爬到一座
大山上
——哇
　　　这座山
　　　好高大好陡峭哟！

这时
那个声音
不耐烦了
对它说
——住嘴
　　　别再嚷啦
　　　这是我的身体！

它
火了
大着嗓门
对那个声音
嚷道
——你
　　　也敢对我

不耐烦？知道吗？

是"象"三分亲

小心我　把

大象请了来

给你点厉害

尝尝……

没等

它说完

那个声音

愤怒了

吼道

——你这个

　　鬼精　睁开

　　眼睛看看

　　我是

　　谁？

大象

说完　一甩

尾巴　把它

甩没了

踪影

2000.3.22

红 娘

请你

不要误会

我呀　可不是

《西厢记》中　那位

崔莺莺小姐的侍女

只不过是半翅目

里面的一只

蝎蝽类

昆虫

说

起来　天底下

倒也真够蹊跷

那出名剧里面的

红娘　给她起个啥

名字不好　却

非要她和我

重名　制造

人与虫的

混淆！

其实

人与虫

虽然同住

一个地球　然而

两个红娘　却是

天壤之别　不光

长着两副完全不同

的模样　而且我这个

红娘　更不像

剧中的红娘

那样温情

善良

告诉

你吧　我可是

昆虫家族里的强者

和那个举着两把

大刀的螳螂

相似相仿

可是我呀

更胜它

一筹——

我呀
更高明
我会用嘴巴
前的那根针管状
的刺　猛地扎进
被猎者身上　注进
毒液　然后把它
体内的浆液
吸食一净
二光……

呃
请你
问问　水栖
的虫豸　漫游
的鱼　还有那
摇摆着尾巴的
蝌蚪　谁呀
敢说不怕
我这个
红娘？

不过
在被人类
主宰的这个

世界上　纵然

我这个虫族里的强者

也属在劫难逃　那

不期而至的突然

围袭　教我红娘子们

只好舍生取义

以己命亡的

悲壮　为人们

入药　去给

他们通经

活血

疗

　伤

哦

不曾

做过媒妁的

虫儿红娘子哟

如今魂栖

滥觞

何

　方

　　？

2000.3.23

网虫

你
诞生于
二十世纪的
八九十
年代

日新
月异的
时代　日新
月异的现代科技
让你酩醉于
一个着迷
的大千
世界

纳罕

之宽带

将一条数字

信息网络高速

通道　导向探不见

尽头的缤纷化境

那无休无止　疲惫

运行的鼠标哇

让一条痴迷

之魂　变易为

一条打上这个

全新时代

印记的

非虫

之

　虫

2000.12.3

枯叶蝴蝶

梦
枕　飞出
的婀娜　哪
　　　　里
　　　　去了?

广
宇　已
涂上　时间
的锈
　　色　哦

岁月
　蹉跎

生

是　一片

　　　　枯

　　　　叶　死

也是　一片

　　　　枯　叶

哲思

的婀娜

化作　渺渺

象形符号　仿如

卵雨　沉落翰墨

浸染的

纸帛

烛

光　烬了

燃醒

　　亡夜

书

页里　飞

　　　出　一只

枯叶

　　蝴蝶……

1993.4.16

蜗 牛

它

抱怨

太阳　总是

跑得那样快　不是

把它抛弃在影子里

就是把它抛弃在

阴森里

它

想多得到

一点阳光　或者

能够把太阳

摘下来

驮到

背

上

那样
不再会有
阴冷　也会
赶走影子的
侵袭

于是
它向一棵
高高的大树　缓缓
移去——因为
每每　从影子
或阴森里　向天空
望去时　似乎
太阳　就在那
参天的
丫枝
上

也许
是梦幻
把它托上了
大树最顶端的
一枝

正当

它要摘取
太阳的时候
刺啦啦
锯声
响
　了

高
高的
大树　猝然
摔倒　震颤的
丫枝　簌簌
垂落于
地

它
又回到　曾
离去的影子里　曾
离去的那片
阴森里

然而
此刻的
它　已经
奄奄
一
　息……

1989.12

图／赵镇琬

· 图语 ·

攀 亲

蜗牛去攀亲／爬上黄牛身／黄牛惊回首／问其骚扰甚

蜗牛不悦答／咱俩是同门／你我皆谓牛／是牛三分亲

黄牛听其言／回话笑吟吟／谓牛非同根／你来攀啥亲

大嫂母

身长

体粗

蚱蜢

宅门里的

婆姨们俗称

草儿婆　雅称

大嫂母　它们

个顶个的

都是

大

　　媳

　　　　妇

天作

之合　焉

媒妁　嗟——

大媳妇个个嫁的呀

统统都是人赐

外号　唤作

小呱嗒板子

的带响

野飞

小

　　女

　　　婿

每

日里

天亮起　沐

早露　草儿婆

大嫂母　背上

驮个小女婿　禾里

草里巡一路哟

谁见了　不

捧腹？笑得

异口同声

　　齐

　　　咋

　　　　呼——

瞧这

两口子

小男人哪

小女婿　三个

接一起　不抵一个

大媳妇长　五个

捆一块　不抵

一个　大

媳妇

粗

大

媳妇呀

小女婿　蚱蜢

宅门里的鸳鸯谱

小男人呱呱嗒嗒

配了个大嫂母　日子

过得倒也挺和睦　纵然

有时生点小磕绊

时辰一过情如初

朝朝暮暮

亲如

故　呵——

不

外移　不

出区　两口子

同在降生地

共操生命

历程的

每一

步

哈——

大

媳妇　小

女婿　小呱嗒板子

大嫂母　啧啧

一对绝配

呀——

好

　　幸

　　　福

　　　　！

2001.5.5

小呱嗒板子

呱嗒

呱嗒呱嗒——

因为

这不绝

于耳　飞起来

连环作响的你哟

让蚱蜢宅门里你这

小女婿呀　卓尔

拥有了　属于

自己的别号

名谓——

　　小

　　　呱

　　　　嗒

板

子

哦

藐然的

小身个儿啊

倒让小呱嗒板子

时不时地总觉得

自己之于它那个

大个头   被其

尊为大嫂母的

大媳妇   仿若

蚂蚁大象

结连理——

闻未闻

玄之

乎

呱嗒

呱嗒呱嗒——

这

一日

飞呀飞

小呱嗒板子

飞进草丛里

落上大嫂母的背

两口子　亲亲

热热又一回

小呱嗒板子呀

乐不可支

情令智昏

陶然

醉

何

曾想

大嫂母

亲热未过突发威

迅疾猛地一蹬腿

旋然间　就把

小呱嗒板子

踹下了背

赶出了

门

吓

掉了

魂儿的

小呱嗒板子呀

急慌慌连滚带爬

忙起身　呱嗒着

那血彩渍染的

俩软翅　东

躲躲　　西

藏藏　　逃哇

逃　　飞呀

飞　　呱嗒

到南　　呱嗒

到北……

（亏你

　还是个

　蚱蜢宅门里

　的小男人哩　　全然

　吓没了做个堂堂

　雄性当家人

　的气魄

　与自

　　信）

呱嗒

呱嗒呱嗒——

嗒丧间

小呱嗒板子

蓦地惊回首

未料到　它那

大嫂母哇恻然悔

草丛里往复几回回

终于寻到被踹的

小呱嗒板子

急忙忙伏下身

将其乖乖

驮上了

背——

两

口子

乐一对

回家路上

同声唱起了

黄梅老调

天仙

配——

5.3 25 |
蚱 蜢

3 3 2 1 |
宅门里

2 2 2 1 | 3.2 1 |
蚱蜢成双对

6 21 | 7 66 1 1 |
大嫂母小呱嗒板子

6.1 2 3 |
夫妻恩爱

2 1 6 |
把家

5 一 ‖
回……

2001.5.15

只就

那么一夜

便有了　另

一番

况

　　景——

因为

爬高了　才

发出　一阵

又一阵

噪鸣

1989.8

蚧皮虫

拥

抱着

亲吻着　枝的

娇柔　叶的

碧嫩

脉

理

——如此

绵绵情意

嗫液

吮汁

生命

之树　在
亲昵中
脱下
绿
衣

1985.7

螳 螂

因为

举着 两把

大

　　刀

—凌弱

便成为 你

生命哲学

的唯一

信

　　条

1989.9

蜘　蛛

流
倾的
丝　扯起一张
飘忽的
网

白
昼　粘着
一轮　冷寂的
太阳

黑
夜　粘着
一穹　挤扁的
星星　还有

残缺的
月亮

哦——

是梦呓?
还是幻象?

1989.10

书 蠹

你

总是　在

字里行间

驻足　也偶尔

从书页中

走出

然而

无知的

困惑　却

总也　无法

解除——

尽管

吞食过

先哲们浩瀚的

名言警句　以及

巨匠们闪耀着

智慧之光的

经著

尽管

饱食过

拿破仑遗弃荒郊的

大炮　孙膑乘逐

古战场的

轮辐

尽管

咀嚼过

吴敬梓的

辛辣　卓别林

的幽默　诸葛亮

制胜的

计谋

尽管

攫食过

俄国沙皇——

彼得大帝的金冠

以及法兰西莫泊桑

的项链　鲸吞过

美利坚密西西比

河畔　汤姆

叔叔的

小屋……

似乎

大腹便便的

斯文巨富

非你

莫

　　属

可是

当你最终

被从破碎的书页中

抖出时　却

依然　饥腹

干瘪　轻薄

如故——

哦

此刻我之

面前恍惚闪现

有一风干的迂腐

饿殍尸影

飘然

在

　　目……

1989.11

图／丁午

·图语·

乐在其中

我是丁午／我是书蠹

这书里钻进／那书里钻出

乐在其中／神怡心舒

阅之乎／悦之乎

黄 蜂

用定式

构筑　家族

聚居的

王宫

用虔诚

奉养　家族

王者的

圣灵

用毒液

和蜇针的锐锋

述说　家族

凶悍的

狂疯

不变的

家族王规　维系

家族的繁衍　与家族

恒久的

猖獗

狂

　　凶

而

留给世人的

是那千载不灭的

恶名　与

永远的

心悸

噩

　　梦

1989.11

母蝎

比起

亘古万世的

大地　你的

生命时限

只不过

瞬间

一

　息

但是

为了孩子　甚至

没有来得及　回味

与异性结合的甜蜜　你就

毅然心甘情愿地　匆匆

毁了自己　而留下

一个不无
遗憾的
问题——

降世的
孩子们　往后
该怎样
出息

你呀——
想
　　过
　　　　吗
　　　　　？

1989.11

木 蠹

老梁上
有一个小孔

不知
什么时候　钻进
一个幽灵

麻木的
躯体　从此
没了安宁

时光
流逝　老梁
终于爆出
一声

恸
  鸣

呜呼
老梁——

早谢了
负重的一生
支撑

永别了
破碎的一堆
幻梦

1989.11

蜈 蚣

拖着

列车般的

身躯　信游在

无垠的

广袤

大

　地

优哉

乐哉

无所

事事

虽然

造化之神

赐予了众多

足肢　但是——

在漫游的旅途上

却寻不见哪一丝

印记呀　是

属于你的

生命

　轨

　　迹

　　　？

1989.11

蛤 蟆

既然

生命之神　造化了

你　那就不必

为丑陋　而

暗自

羞

　　泣

寒冷

孤独的冬天　已经

过去　惊蛰的

雷响　正在

把春天的

呼唤

传

递

从
丑陋的
困惑中　快快
醒来吧　美——
就在你　与
绿野的
和谐
里

当你
走出蛰居　投入
大地的怀抱时
谁不说　你是
翠禾的卫士
美的
天
　　使
　　　？

1989.10

蟋　蟀

相思
琴弦　拉开
情偶心扉
飘柔的
帷幛

沉吟
弹唱　倾诉
爱恋的
衷肠

娓娓
低述的
对语　引来
一双偌大

魔掌

玲珑
陶罐　装进
被掳的
绝望

纤纤
草芒　挑起
哀者　两相
撕咬的
疯狂

决斗
场上　刹那间
傲立着胜利者的
不绝鸣唱　惊奔着
惨败者失魂
落魄的
逃亡

哦
被玩赏的
兄弟哟——
　　败亦哀伤
　　胜亦哀伤

1989.11

大 虫

从

祖居的

遥远洪荒莽林　你

形性未迁　却被

文墨所使　隐乎

梁山水泊的

一部古典

文学

巨

　制

你

易为虎

虎

易为你

哦

三碗

不过冈的

幌旗　抖闪着

你蜷伏的斑影　而

十八碗后的那番殊死

较量　更足以

道出　你曾

震慑八方

的王者

威

　　气

神融

造化　心为

绪使　酒浸

之哨棒　化为

施祖耐庵文殊　用以

投乎前世万象纷争的

如椽之笔　你之

跌宕于动静的

默契之灵真

微妙　遂

凝之于

垂锋

毫
　　端

于是
从大宋王朝
毕祖昇公传植的
那片活字林里　便
赫然跃出　傲立于
景阳冈上的一条
眈视逸远　长啸
万代的
斑斓
灵
　　躯

哦
武松
哨棒下
那不死的
虎魂　永生的
你——
大虫！

2000.3.3

图／吴安

· 图语 ·

讹武松

黑恶土豪气汹汹／穿越时空讹武松

打虎毁俺祖上树／此枝此叶是铁证

陈年老账今追索／千两赔银即时清

乖乖付上倒罢了／你若怠慢俺不容！

蚕　蛾

你是

蚕的成虫

或许你的魂灵

曾到生物档案馆里

查阅过家族历史的

宗卷　牢牢记下了

"蚕食"被借喻

用以表达逐步

侵占的

贬义

内

　涵——

故而

当破茧

化蛾的你

来到这个世界

的时候　便

摒弃嘴巴

不食

而

　终

——这

可是你

负疚的灵魂　向

芸芸残桑

做出的

忏悔

自

　省

　　？

呃　蚕蛾——

其实

你不必

自悔　知道吗？

你这一生为社会

所做出的贡献哪

永远永远

牢记在

人们

心

　中

瞧——

在

通往

古今世界

八方的丝绸

之路上　无处

不镌刻着

你的

伟

　绩

　　丰

　　功

　　　　！

1989.11

壁 虎

悄然
爬行在
陡峭的壁墙　伺机
捕捉　逐臭
叮血的
蚊蝇
　飞虻

若
虎的
威严　制止
蚊蝇的肆虐　驱走
飞虻孽虫
邪恶的
肆虐

猖狂

暗夜
或隐伏于
窗   或潜伏于
黑亮   如一名值岗
卫士   恪尽职守
守护着睡床上
酣梦的
宁然
　　沉香

猝醒的
灯   蓦然
瞥见你的丑陋
呃——善良的
生灵   瞬间被其
视为可怕的
魅魉

你——
嗒然葬身于
无知与世俗偏见
导致的
绝命
　　悲亡

1989.10

纺织娘

无垠的
繁茂田野　哪里有
你劳作的
机房？

夏夜的
喧闹交响　哪一曲
是你踏机穿梭
奏出的
乐章？

然而
纺织娘的桂冠
却戴到了
你的

头

  上

    ——岂知

世袭的

虚名 在

生命价值的

天平上 不具

丝毫

  分量

而

属于

你的呀——

只有哀戚的

孤独 与

秋瑟的

悲凉……

1989.9

蛆蛆

一缕

涎水　把

视焦　荡向

橱窗

饥饿的

眸子　与

透视的

玻璃

对

　峙

——一只

烧鸡　似乎

在向我

挤眉
弄
　眼

诱惑
的挑逗　打开
钱夹　回眸时
却不禁
瞠目
惊
　栗

——啊

烧鸡的
嘴里　衔着
白色的
蠕动——

蛆!
蛆!

胃口
倒尽　食欲
霍然逃遁
无遗

1989.10

苍 蝇

在它

整个一生

它都喜欢

　在腐尸上

　　在垃圾堆

　　　在脏污处

盘飞

　　栖食

追腥

　逐

　　臭

被

玷污的

圣洁之神

愤怒了　厉颜
将它
毙

　命

它
死了

它
确实死了

肮脏的
遗体　葬在
肮脏的
墓冢

出壳的
脏魂　在
脏臭的墓冢上空
游弋徘徊　渺渺
睹见　墓地上
列阵探测仪哭红了
眼睛　陀螺仪
在恸悲中
失却了
平衡

一块
墓碑上
写着——
　　玷污圣洁的元凶
　　启迪发明的精灵

它
还活着

它
确实还活着

因为
在它死去的
躯体里　隐藏的
诸多奥秘　将会
在智慧的
探索中
得到
新
　生

1989.11

跳 蚤

虽然

你来也无影

去也无踪　但在

我的身上　却

留下了　你

匆忙亲吻的

痛痒

红

　肿

你这

不安分的

房客　从未有过

一刻安宁　在床单

与被褥之间　往返

行旅　在我的

身上　宣泄
你的
多
　　情

哦——

门铃
响了　真让
我的皮肉感到高兴
——我有了一只
喷雾的
药筒

骚动
的房客　躺在
裹尸布上　药雾
的沐浴　浸泡着
一个亡灵
顿失的
多情

还要
我　为你
献血
吗
　　？

1989.11

馋 虫

谁也
没有看见过
你的
踪
　影

可是
谁都感受过
你所给予
的那份
隐隐
骚
　动

哦——

在虚幻

冥想中　确实

存在的你这

看不见　也

摸不着的

虫虫哟——

撩人

心扉　诱人

胃口窦开　让人

耐不住　垂涎

欲滴　馋瘾

难抑……

2001.5.26

图／丁午

·图语（一）·

小馋虫

这日／女儿小艾

对丁午说／爸爸／请您

给我呀烙一张好大好大的油饼

让我吃个够／好吗？

图／丁午

· 图语（二）·

打馋虫

是日／油饼

虽然没烙／但是

丁午为女儿准备了一碗红烧肉

一盘带鱼／他招呼道

小艾／来打馋虫喽！

青 蛙

禾苗儿
碧透了　一张张
绿色的
乐谱

碧绿的
乐谱上　跳跃着
一个咏春的
音符

涟漪上
荡漾着　一张张
蓝色的
乐谱

蔚蓝的
乐谱上　欢鸣着
一个唱夏的
音符

藕楼里
摇曳出　一张张
褐色的
乐谱

褐色的
乐谱上　失却了
一个吟秋的
音符

雪花儿
飘洒着　一张张
白色的
乐谱

洁白的
乐谱下面
藏隐着一个
冬眠的
休
　止
　　符

哦
如诗
的田园
乐章!

哦
奏鸣
的生命
音符!

1989.12

三叶虫

磊
磊
石破

有燕
飞过

元
古
河

沉鸣
滴落

啼
凝
砚海墨

1989.10

筝 蝶

荒冢
古魂

酣若
茧中梦

蛾去
知何方

飘来
断线的
筝蝶

1989.9

七星瓢虫

不知

哪年哪月　天上

坠下来七颗

穿黑袍的

小不点

星星

沉落的

小不点

星星　趴在

花大姐的红袄上

睡了　做着

美丽的　永不

再醒的

长梦

从此

乡里乡气里

透着几分妖娆的

花大姐　背着

酩寐酣睡的

七颗小星星

飞西

飞

　东

给

绿禾　送去

甜蜜的

吻

给

碧谷　送去

温馨的

情

1989.11

蝶蛹

在

季节的

深处　生长出

一个　老龄

生命的

昏然

欲

　蔫

困倦

乏躯　伸过最后

一次懒腰　打一个

哈欠　走进

沉眠的

门槛

哑默
蝶蛹　裹紧
睡衣

冷寂
黑凝的
日子　夜
也幽暗　昼
也幽暗
光已
墨
　染

冥中
禅梦　放飞
涅槃凤凰　衔来
翩舞蓝天的
云翼
锦
　衫

1989.11

蚯 蚓

命运

之神　置你于

地下的

冷黑

孤

　寂

顽强的

生命渴望　耕耘着

一个个　悲壮

不屈的

故事

岁月

轮回的

日子　曾经历过
多少回寒刃的锋利？
猝不及防的铁铲
犁头　曾经
多少次突如
其来地
插入
地
　里
　　？

啊——

截断
的躯体　惨然
分离　一条
生命　裁为
两个
兄
　弟

　　——你
　　就是我

　　——我
　　就是你

痛苦
的伤口　拥有

共同的残忆　两截

残躯　拥有

共同的

顽强

意

　志——

假若

再有利刃的

铲入　那么两个

兄弟　就会

变成四个

八个……

兄弟

哦

生命的

渴望　难以

遏止　新生的

兄弟　齐力耕耘

一个新的生命天地

播种一行行　用

痛苦的磨难

纪写的

生命

传

　奇

1989.11

蚂蚁

搬家

迁穴

迁穴

搬家……

似乎

在远离的

两个世界之间

恍如匆匆架起一座

流动的

索桥

沿着

黑色颗粒

蠕蠕奔行的

路径　它们中的

每一个都在独自

走着　又都挤在

一起　像是一条

悬浮流动的

传送带　来来

回回　摇摇

摆摆　无休

无止

太阳

仍在照耀

黑色颗粒忙碌着

灵犀感知天气之预报

未雨绸缪

也有

几个　散兵

游勇　在阳光的

影子里　东奔

西跑　乐自

逍遥

——玩

它们的吧!

管它哩!

黑色

的涡流　依然在

从一个世界　向着

另一个世界浩荡

奔赴　滚滚

呼啸

——似乎

闪电点燃的

烈焰　已经

烧上眉梢　惊雷

敲落的雨点

就在眼前

噼啪

迸

　　跳

哦——

迁穴

迁穴

搬家

搬家……

那

黑色

生命颗粒

的行进　共同

奔向心仪的

家园　无有

片刻的

遏止

歇

　息——

搬家

迁穴

迁穴

搬家……

1989.11

图／赵镇琬

· 图语 ·

奔圈归家

川白爸呀鲁黑妈／率领崽儿一窝花

伏暑遛弯村郊外／观蚁迁穴看搬家

骤风忽作乌云涌／沉沉闷雷隆隆打

暴雨急至何处避／奔圈归家蹄齐撒

蝈 蝈

对面
谁家墙上
吊着　一个秸秆
扎制的
小房

里面
关锁着　从
绿野俘获的
自由　凄鸣着
从绿野捉来的
悲唱

一阵

风儿　一束
阳光　影子侵蚀着
风儿的
摇晃

己
记不清
曾有过多少次
凭栏眺望——那
荡露的叶　那
挂荚的秧　隙缝里
翘首眷恋的
故乡　已经
遥远
渺
　　茫

哦
被囚禁的
翡绿　关不住的
悲唱……

1989.9

家 蚕

春光

明媚　煦风

阵阵　拂醒

卵纸上密密麻麻

的生命颗粒

你和你的

同侪之

婴体

　　纷

　　　然

　　　　降

　　　　　世

哦

你这

被誉为

中华神虫的

家蚕一族哇　秉奉

先祖迭代传遗密码——

造福人间百姓的

懿德懿行

懿范

　　践

　　　而

　　　　不

　　　　　已

瞧——

尽管

你和你的

同侪　所居的

农屋老房里　没有

阳光的曦丽　没有

阔野习风的拂拭

然而　老屋内

架起的那层层排排

井然有序搁置的

一个个竹编箆席

筐箩　却让

你和你的同侪

齐然拥有了

共同茁壮

成长的

温馨

　静

　　谧

　　　天

　　　　地

哦——

村姑

的悉心

照料饲喂

让你和你的

同侪　无不

心存无言的感激

呃呃　沙沙沙

进食桑之碧叶

的奏曲

驱走

　屋

　　内

　　　暗

　　　　寂

至于

每日清晨

闻听的那声声

公鸡啼鸣　旨在

告诉你　还有

你的同侪　一日

之计　在于晨

又一天新的

成长啊

倏而

开

始

了

呢

！

食桑

孕丝

孕丝

食桑

你呀

和你的

同侪　仿如

在生命历程的

行进中　一次

又一次　投宿那

歇憩的驿站

四次休眠

四次蜕衣

熠熠化为

透明的

如玉

　　储

　　　丝

　　　　之

　　　　　躯

哦——

此刻

人们不禁想起

那句民谚俗语

——麦熟一晌

　　蚕老一时

已断食的你和你的

同侪　一个个呀

无声无息　茕茕

爬上村姑早已

准备好的一丛丛

枯茎干簇　各自

寻定心仪的卧处

遂而　吐扯一条

无尽的丝　作茧

以闷　攸归

一壳里
幽幽
　　沉
　　　凝
　　　　暗
　　　　　际

呃
化蛹
之蚕魂哪
茧壳内　宁然
想象着五彩绸缎
的飘逸　痴然
期待着生命
另一轮回
追求的
灿烂
　　赓
　　　续
　　　　再
　　　　　始

2001.6.10

眼镜蛇

大地

裹上　一身

花朵　期待着

一个脚步的

声息

垂柳

停止了

婆娑　凝凝

企盼的目光里

悚然冲出

恐怖的

惴栗

突

　　袭

甩掉

的鞋子　高悬

天宇　脚板上

留下带血的

蒺藜　手里

那束鲜花　已经

丢失　流泪的

花瓣　在

溅落的

路上

抽

　　泣

虽然

这是一次　早已

期待的约会　但是

我渴求亲吻的

“眼镜”　怎么

会是

你?

从此

每当　他的

脚步声　在恍惚中

响起　你便把

可怕的恐怖

送进我的

梦里

——你

一忽儿　在

阴森的深处

蜷伏　一忽儿

又在眼前游弋　张大

的血口　喷射着

妒液　一下子

注进两颗

联结的

心里

啊

流淌的

冷汗哟　浸泡着

噩梦的

战

　栗

1989.12

蛇

上苍

赐予 一个

混沌世界 初始的

生命 封闭于

椭圆的壳里

母亲

把尔深深埋下

恓惶暮身 播下

死的悲凉生的希冀

腐烂的热

恶浊的浆液

哺育生命 它听到

时间的燃烧噼啪再噼啪

窒息的黑暗

难耐的孤寂

使急于走出禁锢的渴望

铸成一把利刃

高高举起

在奋击中

音乐之光烁烁

穿透壳壁

生命的圆熟流体

倾泻而出

向着天原尽头

泠泠奔去

永不回首

挟裹着

骤急的风

流响于树林

尽管枝头上尖厉着

猛兽送来的战栗

背负着

铅色云雨

流歇于荆丛

尽管棘刺上颤抖着

挣扎中四溅的泪滴

沐披着
重重雾霭
流跋于污沼
尽管污沼里漂浮着
斑斑冷凝的血渍

黑夜的阴险
白昼的狰狞
与巉岩峭石合谋
但是生命一旦停止运动
它的存在不可想象

从黑暗的幽茫中
它看到它的旗帜
在踏上生命的不归之路
寻找第二次生命出口的时候
寻找到永恒的恩典
它脊骨舒展的平静之上
是一幕新旧交替的场景

这是必然法则的胜利
是一条血脉之躯
显示出的生命气概
和生命价值

一切

都从天原尽头结束

一切

都从天原尽头开始

于是

它漂泊

无休无止　这便是

生命的自由和永恒

1990.1

蝼蚁

你呀

本是两个

虫虫——

一个

叫蝼蛄

一个

叫蚂蚁

不知

何年何月

也不知何人

何如　把你们

虫虫俩　缩结

为一体　且

赋予你们

结体后

新的

　含

　　义

从此

以后　你

这个做比的

喻义意象符号

便栖居于人们的

脑海抑或辞书

典籍　静然

听候用者

的随时

调遣

当

文思　进入

生物圈领地的

时候　你这意象

符号　就成为

某些生物的

形象大使

的代表——

　　意为

　　微小　而

不足道

当

文思　闯入

人固守的领域

之时　你这意象

符号　便成为

某些人物的

喻义大使

的代表——

　　意为

　　力量薄弱

　　抑或地位低微

　　令人不屑

　　藐藐

人哪

终究是

宽宏的　你瞧

放下益害暂且不论

不还是从你俩的

形体表象意义

出发　结体

做了多方

大使的

代表

哦

蝼蚁——

两个

虫虫　野合

结体而诞生的

一个长生

不老的

借喻

意

　象

　　宝

　　　宝

2000.3.24

蝌 蚪

黝

黑的

晶体哟

凝结着　对

翠绿的

热切

渴

　望

欲涸

濒亡

没有

生的恩赐

快

摇起

尾桨　从那

涓涓欲竭的辙流中

奋力奔向生命

向往的

碧水

　　原

　　　乡

听——

静远

的幽谷

夏夜荷塘　已

呱呱荡响

阵阵

　　蛙

　　　声

　　　　合

　　　　　唱

1998.10

图／吴安

· 图语 ·

蝴蚪之思

被之捉兮／囚之瓶兮

赏之趣兮／渐之失兮

濒之涸兮／临之亡兮

哀之叹兮／掩之涕兮

血吸虫

血吸

血吸

血吸——

你这

血吸瘟神

成双成对合抱

一起　从南国僻壤

之水乡的污塘臭溪里

悄无声息窃而寻机

潜入人之静脉的

细小血管里

寄生繁殖

夫猖妇狂

血吸

无止

血吸

血吸

血吸——

你这

血吸成性

的瘟神　汹然

制造的那人间

沉疴苦难哪　黯然

渗入往逝的历史

定格在一帧帧

孰堪目睹的

老照片上

如此悲惨

何其

　凄厉

血吸

血吸

血吸——

——但是

你这

血吸瘟神

断然没有料到

霹雳乾坤　换了

人间　时光传奇

变迁的惊雷　引燃

纸船明烛冲天而烧

的烨光炽焰　欢然

将你这血吸瘟神

送上了无归的

西天　从此

神州百姓

尽享

福

　安

2001.11

臭　虫

形

椭圆

扁而平

藏匿铺板

卧席夹缝　溜溜

悄出　瞄准时机

窃饮膏血　储之于

腹中　予取予夺

岂知其耻　苟且

自益以偷生

沉沉血锈矣

渍染尔肤

透褐红

体

之内
臭腺泌臭
臭臭臭　臭之
复臭臭更臭
遗臭万年
古今憎哟
臭名昭著
得臭名
谓之
　甚
　　?

臭虫!
臭虫!

2000.4.8

蜱 虫

当你

走进生物

馆里　打开

节肢动物谱系

典籍　即刻就会发现

嘎——你这蜱虫

族裔成员的

种类　纷繁

不一

呃——

虽然

同为头胸腹

合而一体　同是

椭圆形似　　同有

四对足肢　　然而

令人不曾想到

的是——你这

纷繁蜱虫族裔

其秉性啊

却如此

迥异——

瞧——

吃素者

忌荤腥

专只吸食

稼禾菜蔬果木

的液汁　　危害

作物的

生长

　　发

　　　育

吃荤者

忌食素

专只吮吸窃饮

人或畜类的血浆

传染流脑回归热

等恶患病疾

致人畜哇

于危险

境地

蜱虫啊

蜱虫——你之

荤素两族制造

的狰狰劣迹　让

辛苦劳作的

天下百姓

怎能不

恨死

你

　　！

2000.11.1

疟原虫

跨过

一道道

世纪栅栏

的阻隔　从

古老的《诗经》里

飞出一声声呦呦

鹿鸣　唤来了

华夏神州一位

降伏顽凶——

疟原虫的

克星　呃

疟原虫

你这个单细胞

元凶　与可恶的

蚊子串谋　沆瀣
一气　寄生于人的
红细胞里　引发
可怕甚至让人
因此一命
呜呼的
疟疾　哦

制服
你疟原虫的
是中国科学家
屠呦呦　和她的
团队哩　他们
耐得住寂寞　不舍
昼夜　含辛茹苦
历经十数年的艰难
时程　终于研制出了
抗疟的中药
青蒿素　这一
造福世界的
惊人
　奇迹

从此
青蒿素
之所及　无不
让你疟原虫命毙

而今在中国大地上
你疟原虫曾横极
作乱的肆虐
已湮灭
绝迹

哦——

鹿鸣
呦呦　看今日
无疟之华夏神州
人杰地灵　尽显
蓬蓬勃勃
无限
　　生机

而在
非洲大陆上
青蒿素的神威
也已经让你
疟原虫啊
正走向
消亡
　　之
　　　际
　　　　……

千足虫

人有

双脚　马有

四蹄　然而

你这个被科学家们

于公元2021年之初冬

惊世发现的新物种

——节肢动物家族里

喜添的线状新丁啊——

虽身长接近10厘米

粗不足1毫米　然而

却长有1306条腿　和

1306只足　成为

当今这个世界上

首种独一无二

真正的

超级

　千

　　足

　　　虫

　　　　！

哦

说起

科学家

对你这个超级

千足虫的发现哪

实属机缘巧合——

他们在某矿区一个

距地表60米深的

钻孔裂隙中　惊诧

窥见了你那

活体的

踪影——

　呃

　细长的

　身体　头部

　呈锥形　头上

　有触角和用以

　进食的

　尖喙

但是——

　你呀

却没有

眼睛　且

肤色黯淡　其实

这并不奇怪

符合地下

生物的

特性

嗟夫——

没有

眼睛的

你　在那

无尽的黝黝

黑暗里　凭借

触角的探寻哪——

伸长身体　使之

变得更细更长

以便钻入　那

更狭窄的

隙缝栖息

觅食呢

哦

千足虫——

你呀

以漫漫千足之行旅

觅得赖以生存的

腐殖质　餐食

腹中　使养分得以

被循环再利用　这在你

栖息的生态环境里

发挥着对一个

生命来说至关

重要的

非常

　　作

　　　用

哦

千足虫——

你

这个

新物种的

发现　其意义

非同寻常　它启示

天下的人们　那

未知的新发现

正虚位以待

只要探索

不已呀——

就无尽

无穷

2021.12.23

从"审视"的感悟开始

——评赵镇琬的虫诗及其他

◎叶 橹

一个人走上写诗之路，常常是由于一种"契机"的出现，而"契机"却是可遇而不可求的，譬如赵镇琬即是。他从县文化馆调到省出版社，当了美术编辑，后又走上了明天出版社的领导岗位。想不到的是在年近知天命之际，工作之余，他却写起诗来了。

我读他写的虫诗时，常想起"多识鸟兽虫鱼"这句话。他是画家，似乎画笔仍不足以传达他的内心对虫的感受，于是便发而为诗。虽有"诗中有画，画中有诗"之说，但二者毕竟是有区别的，是不可相互取代的。赵镇琬的这些"雕虫"诗，有很多意味是画笔所难以表现的。

只要细读他的虫诗，便会发现他写的"虫的世界"里，其实无时无处不是在写人生，写内心的感受。艾略特的"客观对应物"说，用来阐释赵镇琬这些虫诗，该是找到最典型的文本了。从表面上看，这位画家是把他的目光凝注在虫的天地里，而在诗人的慧心深处，他却无时无刻不是把这些虫的品性对应于人的精神的。重要的是，诗人从虫的种种品性中发现了很多与人相似的品格和精神。或者也可以说，诗人是在用人类的社会品格和精神来观照虫的世界的一切，从而获得了他对大自然存在的事物的一种阐释吧。

我们不妨把诗人的这种表达载体和方式，理解为他对大自然的一种"审视"。他笔下的种种虫的品性，只是诗人通过他的审视和感悟给它们"注入"了形形色色的"众生相"。我把赵镇琬的这种诗歌方式看成其从审美判断和生活阅历因素出发，所做出的真情表达。原因在于，我在读他的虫诗时，常常感到他有一种非常强烈的求真、求美、求善的主观心态，这种心态促动他去寻找一个对象来借以发挥。譬如他笔下的"螳螂"："因为／举着　两把／大／刀／／——凌弱／便成为　你／生命哲学／的唯一／信／条"。在这里，螳螂本身的动物性征已经被"异化"了，被突出表现的是一种以强凌弱的霸道行径。诗的表达方式也就是诗人追求从审视的感悟出发，对真善美的一种再现方式，对此我坚信不疑。赵镇琬所呈现的种种对社会对人生的关注，表现了他不是一个仅仅以观赏鸟兽虫鱼为唯一目的的诗人。虽然他写了那么多的或大或小的虫，但就其意蕴而言，则大抵都是涉及社会生态和人生世相的。他对于种种虫的特性、品性的描述和突显，无不是他用积极正面的人生观念来观照透视人生和生命的结果。我们从他的这种积极正面的审视感悟和观照透视中，深刻领悟到的是关于生命意识的种种特征。值得特别提出的是，在他的笔下所呈现于人们眼前的，如"贴皮虫"在"绵绵情意"中使"生命之树"脱下绿衣；"蜻蜓"因为"得意于嬉"

而"从未发现自身的价值";"书蠹"则貌似"大腹便便的斯文巨富",而最终不过是"饥腹干瘪""轻薄如故"的"饿莩",如此等等。其实这正是他从对虫的审视中所感悟的结果,是对丑恶事物的挞伐,是对正义的诗情表达。

一个正直的人,对真善美、假恶丑会特别敏感。我以为赵镇琬就是这样的人,他之所以在年近知天命之时奋而以虫为诗,并且钟情于在这些虫身上做文章,且做出了恰如其分的表现,其缘起即在于此也。

故而,其终极意义就在于,生活中的生命意识被艺术的笔触所刻画凝定。我读他的虫诗,给我印象特别深刻的是他那首《蛇》。赵镇琬笔下的蛇,是在"腐烂的热"和"恶浊的浆液"中孵化出来的生命,它在"窒息的黑暗"与"难耐的孤寂"中,对于生命的渴望将它"铸成一把利刃",它"挟裹着/骤急的风/流响于树林/尽管枝头上尖厉着/猛兽送来的战栗//背负着/铅色云雨/流歇于荆丛/尽管棘刺上颤抖着/挣扎中四溅的泪滴//沐披着/重重雾霭/流跋于污沼/尽管污沼里漂浮着/斑斑冷凝的血渍"这一幅幅令人难忘的画面,构成了对一种生命意识的赞美歌,直到最后:

它漂泊

无休无止　这便是

生命的自由和永恒

以这样一种方式来赞美这样一种生命意识,其正面意义不言而喻,是积极向上的。读后,令人过目成诵,感慨不已。

如果把他当初结集出版的虫诗同之后出版的《魂旅》加以比较,可以看到他对于生命存在形式及其归依的思考。"虫"的生命形式的种种表现是对应于人的社会生活的,那么,当人作为主体而出现在《魂旅》诗中时，它的更直接的表现将是怎样的呢？

或许可以这样说，当"虫"的种种形态呈现在人们面前时，作者的创作目的在于揭示种种人生世相，写出它们的无价值的悲哀，有价值的追求乃至毁灭。当其进入人的主体表现与思考时，我们所看到的，则是一种更富于生命意识的多侧面多视角的表现。

诗人这时候的语言方式，有了较大的转变：被冯中一教授称赞为具有东方神秘主义色彩。在《魂旅》的诗篇中，我们看到了他的抒情主体，以一种散点透视的目光在审视着茫苍宇宙间的某些事物，无论是写日暮夕落，时间归逝，或是写幻想中的梦逃魂旅，或是写遐思里"黑雪与初始之火"的交锋，诗人似乎力图在以其灵感与思辨的触角，伸向那些神秘的未知之思。这是一种诗人主观精神的"入侵"，试图在"入侵"中获得某种魂思的平衡和慰藉。然而，客观事物的某种神秘性又是人的主观精神所难以企及的。于是我们似乎看到诗人内心的古老神话传说的再现与复活："太阳　叛离永恒／远古的风　牵过／黑雪　掩埋／九枚落地残日"，尽管"冷肌的咳嗽／号啕驰魂　激唤着／元元初始之火"，"没膝黑雪　冰固成／一盘沉重的石磨"，正是在这种碾磨中，初始之火与哗变的黑雪不断交锋迂回，无始无终。诗人好像是有意识地用一些古奥艰涩的词语来描述一幅原始的历史进程的图画，让人们难以从明晰化的"隔"中"隔岸观火"。所以他可以时而让灵魂回归人间乘坐"进口货"的旅行车，时而又会让思绪进入袅袅青烟，在这些虚幻缥缈的艺术天地里，纵意驰骋想象和思绪，让遐思冥想，产生如真如幻的诗意表达。诗人甚至从"机械钟"的运转中获得某种启迪，假以"图案诗"的手段来表达他的审视的感悟。

对于赵镇琬这样的"大器晚成"的诗人来说，浅薄的浪漫主义和悲观主义已与其无缘，因为他是背负着自己所承担的社会责任和追求走进他的艺术世界的。因此，试图套用精确计算公式和数学概念来衡量他的诗作，势必无法"对号入座"。但是我以为，对于那些有着丰富生活阅历的人来说，他的虫诗，他的魂旅，无疑会得到积极的共鸣和感动。

一个诗人从审视的感悟开始，进入诗歌创作，可以更深刻地阐释、理解真善美的真谛。所以，赵镇琬的诗歌写作的艺术视角，才会如此个性独具，引人瞩目。

初稿于扬州大学寓次

吾读镇琬的虫诗

◎赵鹤翔

　　读镇琬的虫诗，便不由得沉浸在他营建的虫的世界里，读着，读着，我的思绪便自然而然地与郭沫若的《百花齐放》和伊索·克雷洛夫的寓言进行风马牛不相及的类比。再读着读着，心里就着着实实地下了结论：不可比，不能比，不一样，大大地不一样。因为，花非虫，虫非花。这是两码事，一码归一码。

一、他雕刻和绘制了一个独特的艺术世界

　　镇琬的虫诗虽具有寓言的资质和品格，但不是寓言。寓言题旨的冷峻，哲理的深藏，意蕴的深邃，却似乎具有不可游移的确定性。而镇琬的虫诗比寓言更气象万千，意境宏阔，人虫相通，足以带人进入虫的世界，或者进入他营建的那个非人亦非虫的艺

术天地。

镇琬首先用人眼观虫，然后才是用一双谙熟人生世界，敏于感悟的睿智诗眼观虫。故而，他感知和创造的虫豸世界，必然浸上人间烟火，必然赋予人性的灵悟，必然注入人的生命体验和价值判断。

镇琬笔下的"虫们"，已不是自然界生物学上的"虫们"了，他只不过是给某种灵魂找到一身外衣，找到一个载体，或者说给其挂上一个牌牌，贴上一张标记。就这样，他的虫们，又像虫，又像人，又不是虫，又不是人，虫中有人，人中有虫，人虫合一。

幻化、变形、移情，是诗的特质和要素。

镇琬画得一手好漫画，这是他的绝活之一。艺术是相通的，他的高明之处，是把漫画的变形用在文学上、写诗上。他用诗人的独特的眼睛观虫，用诗人独特的情怀和思维方法感悟虫的世界，大到蟒蛇，小到蚕卵，都赋予了它们鲜活的生命、性灵、个性——首先是虫们的生命，然后是人的生命，再以后是经过诗情的幻化和杂糅，创造出既不是虫，又不是人，既是虫，又是人，而成为诗人心灵中"艺术世界"的——"艺术生命"。我认为，这些虫所生活的这方天地呀，真真是镇琬为它们苦心营建的一个独特的艺术世界。

二、心有别裁，悖于世俗，赋予虫们新的艺术生命

镇琬的虫，有的好读，有的不好读，甚至有的一时难以破译，具有谜的品格。它的多义性让读者展开想象的思想犁铧去在硬土上耕耘。它们的多义性、丰富性，使每个读者都能在这些虫中读到、悟到属于自己的虫。如《眼镜蛇》，少女与情人"眼镜"在林中约会不期而遇一条真的眼镜蛇，噬咬了她的灵魂，让她惊恐万分。诗

中加引号的眼镜与真的眼镜蛇的出现，一下子就把意境拓宽了，给人以丰富的想象余地，妙极了。

再譬如家蚕，它被炎黄子孙誉为神虫，这神虫之于中华这片黄土地，乃上苍所赐也。而镇琬的《家蚕》，他写的是什么？是生命意识、道德意识、责任意识、传承意识，达到了普遍性的品格，是生命的体验。

镇琬的虫诗不能说字字珠玑，但确确实实是佳作篇篇，篇篇都有独特的意蕴。《蝌蚪》《蛤蟆》《青蛙》，我是把这三篇当成系列来读的，它们蛙族的生命链、生命过程、生命轮回，是一个完整的系统序列。它们虽然没有被镇琬更多的慧眼开掘，却被镇琬写得很有意象美和具象美，很有情味。他赞美了那些朴朴素素、踏踏实实，春夏秋冬一年四季只干好事不干坏事的勤劳的人。镇琬对《母蝎》独具慧眼，也与世俗毫不沾边。事实上，蝎子这玩意儿如俗语所说：心比黄世仁的娘狠，比蝎子它娘还毒。但镇琬写的蝎子它娘，"为了孩子 甚至／没有来得及 回味／与异性结合的甜蜜 你就／毅然心甘情愿地 匆匆／毁了自己 而留下／一个不无／遗憾的／问题——"蝎子的生就是母亲的死，母蝎生产之日，就是自身死亡之时，不求儿女报答养育之恩，也尝不到爱情结出的甜果，有着母爱的神圣的牺牲精神。这是一篇令人颇多玩味和品咂的佳作。对于有的为母者来说，未必一定能赶上母蝎。

三、虫们诗化的意象美、具象美，是镇琬的卓越成就

镇琬的雕虫诗，我认为都是真正的诗。我的诗观特别看重意象美、具象美，我对诗人的才华，特别看重他实现意象美、具象美的能力，即"显象的能力"。诗无象，就等于没有了情感、情愫、情怀以

及思想乃至哲理的载体。如果诗中只有空泛的道情，乏味的说理，那是苍白的，干瘪的。枯萎了的生命，不但没有青枝绿叶，更没有花朵和硕果，那是艺术的灭亡。这是我阅读镇琬虫诗的最大收获。

我特别击节称赞《蜘蛛》和《三叶虫》的艺术成就，它们是精品中之精品，是虫们中的灿然照星。

《蜘蛛》如此写道：

流
倾的
丝　扯起一张
飘忽的
网

白
昼　粘着
一轮　冷寂的
太阳

黑
夜　粘着
一穹　挤扁的
星星　还有
残缺的
月亮

哦——

是梦呓？
还是幻象？

　　镇琬不在诗中告诉读者蜘蛛结网网罗害虫造福人类，不替昆虫当家，越俎代庖。诗中的粘、冷却、挤扁、残缺，都属造象的神来之笔，虽朴素，但非匠心而不可得。这首诗的审美功能特强，特别是设问："是梦呓？／还是幻象？"一下子由"象"泻出无穷无尽的流韵来。好像蜘蛛结网不是生命的本能和求生的渴望，而是为更崇高更伟大更神圣的白天和黑夜的那"粘"而存在，多有意思！
　　《三叶虫》则更属精妙之至：

磊
　磊
　　石破

有燕
　飞过

元
古
河

沉鸣

滴落

啼

凝

砚海墨

　　三叶虫，形如紫燕，大概是目前发现的最为古老的昆虫化石了。它是镇琬虫诗中资格最老的虫了。论资排辈的活，它是老祖宗——结巴着嘴喊的老祖宗。我们大概都见过燕子石砚台，山东特产，镇琬却面对它咏出绝唱，足见他诗才的隽拔和风格的俏丽。此篇用孔孚先生的减法，恐怕也无法再减，它的凝练、简约，气象的流韵，声音的唱响，变化的律动，用韵的和谐，臻于完美。短短的二十个汉字，含蕴了远古洪荒、造山运动、万年沉梦、石破天惊、燕子复活、翩跹翻飞。其中开山石破的炮声和燕子的啼鸣都凝聚在镇琬那方燕子石砚的墨海里。镇琬这振聋发聩的非同凡响，使我听到了燕鸣，看到了墨海被鼓荡的涟漪。

　　镇琬的虫诗，我爱读亦爱诵……

　　　　　　　　　　　　　　　（赵鹤翔：济南市作协原主席）